『草紅葉《くさもみぢ》』（全篇）

I　花ひとつなし
曲水の宴 14
花ひとつなし 14
海の見まほし 15
十一面観音 16
歳月 17
パリの画家たち 18
浜松行 19
真赭の小貝 20
環境問題——題詠「境」十首 21
追想《おもひで》——題詠「庭とやとく」十首 22
花の色濃し 23
救急車 24
六《む》つの花 25
送信 26

神饌 27
ヘーマン夫妻 28
大島紬 29
桜咲くころ 30
再会 31
北上川 32
企画書 33
統一記念日 34
同じリズムに 35
初雪 36
マイクロフィルム 37
井之頭弁財天 38
言語と思考 40
井の頭自然文化園 41

II 花を求めて

人形館 42
美術館展 43
国際ペン大会二〇一〇 44
「紅葉狩」 46

「終着駅」 47
外苑並木路 48
ゴッホ展 49
春の海 50
御免の印章 52
春節 53
花を求めて 54
東日本大震災 55
せむ術知らず（長歌） 56
原風景 57
寂寞として 58
筑紫行 59
ノラの晴れ着 60
鎮魂 61
二重の虹 63
日本列島 64
「ドビュッシー　音楽と美術」展 64
こちかぜ 65

あとがき 67

自撰歌集

『七井橋』（抄）
絆　一九七四年〜一九八四年　70
旅　一九八五年〜一九八八年　71
路　一九八八年〜一九九二年　71
訣れ路　一九九三年〜一九九四年　72
英国暦日　一九九五年〜一九九六年　72
英国残照　一九九七年〜一九九八年　73

『追憶《おもひで》』（抄）
三十路　74
異国住ひ　74
おだんご地蔵　75
四十路　76
松籟　78
谷保天満宮　79
箱根路　80
十一面観音　81
秋のひとり旅　82

旅にしあれば 84
目眩《めまい》 85
子らの旅立ち 87

『石畳道』（抄）
日と影　百首詠――野村清選 89
西欧処々　百首詠――野村清選 90
石畳道 90
異文化超えて 91

『UNA VIDA　ある物語』（抄）
心たぎつ　三〇代の物語――絆のとき 91
心たゆたふ　四〇代前半の物語――それぞれの路 93
心まどふ　四〇代後半の物語――決断のとき 95
心しづまる　五〇代の物語――四季を生きる 96
風の音遠《と》し　三〇代～五〇代の思ひ出――時の流れ 97

『水壺《すいこ》』（抄）
変若水《をちみづ》 98
透明なる生命 99

孤客 100

余白 100

紫灯籠 101

英国行 102

夏日山居 103

二〇〇〇年 103

カナダ秋日 104

砂壁 105

黒蝶 105

新緑 107

古都バンコク 107

合同歌集『モンキートレインに乗って60』（抄）

四季を復ち返る——還暦を迎へて 108

合同歌集『モンキートレインに乗って72』（抄）

どこへか向ふ 110

歌論・エッセイ

短歌の効用とは 114
私の選ぶ一首 115
歌集からみえてくる島田修二 116
方代のうた 121
人生を物語る——私の好きな愛の歌 122
美しい調べと破調 124
短歌の文体 131
近代短歌の恩恵——近代短歌から学ぶもの 132
石川啄木生誕１３０年 136
もしもあのとき
Ｉｆ？……結果がすべてです。 137
私の好きな恋愛歌 138
『ベラフォンテも我も悲しき
——島田修二の百首』（抄） 139

解説

父への無限の愛情
歌集『七井橋』　塩野崎　宏　146
『七井橋』の世界
歌集『七井橋』　松坂　弘　147
新しい旅へ
歌集『水壺《すいこ》』　来嶋靖生　152
卓越した文章力
『ベラフォンテも我も悲しき
——島田修二の百首』　田島邦彦　154
グローバルとローカルと
歌集『草紅葉』　三井　修　156
『草紅葉』によせて　久保田　登　158
第一歌集文庫『七井橋』解説　藤島秀憲　160
青木春枝歌集　解説　森山晴美　166

青木春枝歌集

『草紅葉《くさもみぢ》』（全篇）

I　花ひとつなし

二〇〇六年～二〇一〇年

曲水の宴

寺苑《てらには》の籬《まがき》にかかる木の札に墨の色濃き「曲水」の文字

川越の養寿院

楽人《がくにん》の奏づる楽の雅びなる音高鳴りて宴始まる

小袿の赤きをまとひ身の固くわが坐りをり遣り水の辺に

「風」詠まむ短冊持てる弓手《ゆんで》には力の入りて筆のりかたし

いただきし杯《さかづき》の酒甘かりき張りつめゐたる心のほぐる

花ひとつなし

青山の墓地ぬけきたり激動の明治を生きし人ら眠れる

軍人や博士と並びとつくにの人らの墓の高
だかとあり

外つ国の知識人らの墓どころ目にせしドイ
ツ語声低く読む

来歴と他界せし日の刻まるる外人墓地に花
ひとつなし

ＴＯＫＹＯに死すとの文字も苔むして異国
の人の奥津城広し

麻布なる広尾神社の拝殿に八方睨みの墨龍《ぼくりう》
仰ぐ

天井に描かるる龍の黒き目にわれは動けず
睨まれしまま

夕されば片栗の花翳りきてあえかなるさま
片思《かたも》ひに似る

海の見まほし

公園の紅葉を見むとバス降りぬ万助橋より
七井橋ゆく

池の辺に風心地よし寄りきたるあまたの鯉
のとりどりの色

仰ぎみる秋空すがし唐突にわれを羞《やさ》しき不
安に包む

青空の冴え寂しけれ身の疲れ知らず動きし
若き日遥か

力ぬけ心ぼそかるこの午後を海見まほしと
電車に乗りぬ

夕陽光る海に水鳥群なしてゆらゆら浮かび
時間《とき》は過ぎゆく

高きより東京湾を見放くれば山脈《やまなみ》ひたに茜
色なす

十一面観音

渡岸寺の十一面観音に会ひたしと駆りたて
られて三度《みたび》を訪《たづ》ぬ

ふたむかし前に会ひたる観音の微笑《ほほゑみ》やさし
今日も充たさる

過ぎし日もただにうなづき笑むのみに寂しきわれを諾ひくれき

一木《いちぼく》の檜より成る立像の裳も髪の毛もやはらに流る

かつて来し御堂は狭く暗かりきこの華麗なる背《そびら》知らざり

細腰をわづかにひねる立像の背面愛《かな》しけふ気付きたり

渡岸寺の松は変らず時の過ぎわが人生はかくも変りぬ

歳　月

両親《おや》看取り安堵なす友若わかし十年《ととせ》ぶりにて渋谷に会ひぬ

ベトナムの料理味はひ学生のころのやうなる会話のつづく

学友の葬儀の話題も身近にて六十路すぎたるわれらと思ふ

吹き上げの音聞きてをり曇り日の七井の池の寂けさにゐて

夜の道にただよひきたる薫りこそ沈丁花なれいづこにあるや

妻たりし辛き思ひに及びゆく沈丁花なり強く香れる

集ひきてて英詩の朗読なすなかにわが読むTANKAのただに短し

たまさかに入りたる小さき美術館にパリの画家らの絵とめぐりあふ

パリの画家たち

ユトリロの絵の街角は若き日の印象よりも白のきはだつ

エコール・ド・パリ　コレクション

切れ長の黒き瞳の黙す裸婦キスリングの絵いまは好めり

久びさにシャガールの絵に出会ひたり打ちひしがれてありしあのころ

クールベのション城の絵歪みなく写真のやうなる静けさ保つ

ルオー展の「受難」を観しは拠り所求めゐたりし四十代か

空間を白じろ生かす薔薇の絵に日本《やまと》の血なる嗣治と知りぬ

異郷にて暮らしし嗣治の絵の中に日本人《ジャポネ》の心紛れもあらず

浜松行

天守閣に望む景色の拡ごれる浜松城は出世城なる

武田軍のだまされ転落せしといふ犀ヶ崖のくらぐら深し

鉦太鼓七日七夜を打ち鳴らし祟り鎮めし犀ヶ崖なる

山茶花の群れ咲く木叢時折りに鳥の声聞くその名は知らず

ひまつぶしならぬ鰻のひつまぶし昆布茶を
そそぎ輩《ともがら》と食ぶ

真赭の小貝

講演は「世界の中の江戸時代」賢く生きる
江戸びとら好《よ》し

鎖国とは世界の中にて平和なる自給自足を
選びしことか

晴れ渡る隅田川なり芭蕉庵の庭にて想ふ江
戸の人びと

地味にして無駄なき芭蕉の旅仕度その簡潔
は俳句に通ず

種《いろ》の浜の真赭《まそほ》の小貝展示されわれも行きた
し奥の細道

環境問題——題詠「境」十首

暑き日は彼岸ののちも続きゐて境ひ目なきまま神無月なり

締め切り日近づきてゐるその主題「環境問題」われに手強し

ながらへて身に迫りくる「温暖化」重きテーマは避けたき心境

この現在《いま》の環境問題なるテーマ根源的には哲学が要る

壊れゆく地球に生くる諦めの境地に入りて溺れゆくにや

生くること、便利なることを求めきて己が環境なべて汚染す

逆境に耐ふるほかなし食糧も水も空気もままならぬとき

辺境の地にて生くるや便利さに慣れたるわれらの子子孫孫は

簡便を求むる心にけぢめつけ境《さか》ふときこそ問題止まめ

境遇のままならぬこと諾ひて摂理のままに
生きてゆくべし

追想《おもひで》——題詠「庭とやとく」十首

柿の葉の朱くかがやく庭に立ち実をもぎり
とる亡き父思ふ

木に登り庭柿とる役父にして幼きわれの声
あげ拾ふ

父の撒く油虫除け噴霧薬庭に匂ひき初夏の
あのころ

庭木刈る音のなつかし黙々と父働けり約二
時間を

約束の時間になりて庭にゐる父に声かけ西
瓜食べにき

面目の躍如たりにし庭仕事父の笑顔の今に
顕ちくる

その昔蛙や蛇《くちなは》わが庭に棲みつきをりぬ民話
のやうに

戦後には野菜育てる庭として虫や草《くさ》などとり除きけり

庭先に枯れ葉集めて芋を焼く若き父ゐてわれら待ちをり

節約を大事となしてゆたやかな家庭でありし戦後の生活《たつき》

花の色濃し

御籤は辛抱説けり新年の明治神宮陽のあまねきに

米国ゆ英語短歌の本届き正月明けを時かけて読む

けふよりは花の色濃く変りたる暦となりぬわが生まれ月

朝の戸を繰ればば雪なり音のなき庭は真白し今日は節分

さはさはと雪は降りつぎ時折りを激しく波うち庭を駈けゆく

ひたひたと近づくは何《なに》雪の降る庭に赤あか寒椿咲く

画面には人ら次つぎ転びをり転ぶを待ちて撮りたるニュース

庭に出て小さき蕗の薹とりぬ久しぶりなる人に会ふ朝

救急車

静寂なす如月の昼俄かなる母の痛みに救急車呼ぶ

今日こそは英語の短歌まとめむと気負ふその日に母入院す

たどたどと巡り帰れる家ぬちは灯火のなくて冷ゆる空間

音のなき夜更けの部屋を灯すときわれは確かにこの世に独り

けふ母の退院する日朝早く出でくる道に梅盛りなり

身のすくむ冷気なれども今朝の陽に眩しく揺れて梅のかをれる

群肝の心は疼き刺すやうな痛みに医師はストレスを言ふ

町の貌すこし変りて華やげる春を装ふわが吉祥寺

六《む》つの花

寒き日となりたる叔母の葬式のその途中より六花《りっか》降りそむ

向日葵の畑の中に笑む叔母の遺影も見るやにはかなる雪

葬儀より戻れる夜の六《む》つの花喪服に白くひたすらに落つ

冬庭は草なく花なく土黒く孫ら声あげ走りめぐりぬ

霧雨のモノクロの景バーグマン歩みくるにや七井の池の辺

むなしさのつのる深夜に英国の友に電話す歌続けよといふ

鳶の飛ぶ夕焼けの海きらめきて穏しく暮るる横須賀の丘

送信

何事も正面きりて生きてこしひたすらなるは愚かしくもあり

採りたての蕗と竹の子包みたる新聞紙には旅の広告

講演の「土岐善麿の人と歌」聴きて思ひぬいさぎよき生

庭土の黒ぐろとつく筍の皮をむきたり春の賜物

繰り返すことは能《あた》はず書きとめし短歌は残りぬ生くるよすがに

若き日の心のままを留めたる短歌は素直にわが思慕伝ふ

手紙とはたがふ軽さのｅメール送信さなかにはやくも悔やむ

春の陽の明るき今朝は庭に出て空を仰がむ不運は言はず

ひとりゆく井の頭公園の緑愛《は》し人思ひつつわがこと思ふ

原稿の締め切り近し庭梅の青きに惹かれ梅酒作りぬ

神　饌

京都なる北白川の天満宮その神事みむと朝早く来つ

伝統の高盛御供の神饌にいにしへびとらの食を想ひぬ

秋の月寂けき夜は外つ国のはろばろしもよ庭に風立つ

会果ててひとり都心をゆく夕べ煉瓦の駅舎見つけ安堵す

ヘーマン夫妻

一九七六年～七九年西独に滞在せし折の友人夫妻。
一九九六年に、ドイツで会ひて以来十二年ぶりの突然の電話あり

「大変よドイツから電話」と老い母が浴室に来し受話器を持ちて

外出をせむとシャワーを浴びゐたりエルケの電話は東京駅より

アジアへの旅のもなかを東京に立ち寄りしとふ夫妻の声す

夜七時帝国ホテルに再会す十二年ぶりなるヘーマン夫妻

銀座にて乾杯しつつ日本の漆器の美《は》しとへーマン氏言ふ

西独に住まひしころを語らひぬ互みに若く子ら幼なかり

退職し家にゐる夫疎ましとエルケの言ふも
充ちたりてみゆ

英国に住まひしころに訪ねたるドイツのあ
の家移りたるらし

大島紬

小さなる拘り捨てむ鮮やげる紅葉《もみぢ》黄葉《もみぢ》のに
ほふ武蔵野

風邪気味のままに師走の町に買ふ荷物の多
くなりて佇む

歳末の町に買物なす間にも独りなることに
思ひは及ぶ

新年のコンサートあり金髪の指揮者の棒は
音を光らす

市役所の高齢者向けのアンケート腹立たし
きに答へて送る

すでにして高齢者なれ着物にて少し華やぎ
気を晴らしたし

久びさに大島紬に町ゆけり歩み方にも気の
張りきたる

小紋着て会に出でゆく車窓には常とはたが
ふわれの映りぬ

紬にてひとり来にける六本木スペイン坂に
桜いまだし

虫干しの部屋に絹の香漂ひて身に勢ひのあ
りし日を恋ふ

思ひ出の多き着物を収めたる簞笥をふたた
び開けて覗けり

桜咲くころ

二分咲きの桜並木は赤味おび道の明るむ肌
寒き朝

桜咲くころの思ほゆ日本語と日本のことを
教へたる日々

十人の中国からの学生に見つめられゐつわ
が初授業

黒板にわが名を漢字に書き終へてとつくに
びとを笑顔にみつむ

教室に五十音図を説きゆく日窓の外なる桜散りゆく

日本語のテキスト選ぶと尋めきたる四ッ谷麴町桜の溢る

東京の庭園巡りにゆきたしとつぶやくやうな学生の声

教室の若きら国の異なりて日本語のみに授業のすすむ

その短歌と額田王を教材に上級クラスにわが声透る

日本語に日本の文化を薫らせて語り教へむよき日本語を

数ふるに十五ヶ国の学生に日本語教へき四十代は

再会

風強き信濃川辺りさやかなる光充ちくる桜の咲けば

どことなく昭和思はす茶房なり新潟古町の珈琲うまし

曹洞宗瑞光寺なる會津家の代々の墓古びて在りぬ

料亭の近江家所蔵の「宇《う》末《ま》以《い》毛《も》乃《の》」まるみある字の八一親しも

なにとなく気むづかしきと思ひ来し八一の今日は親しく近し

新発田にてゴルトシュタイン先生に再会なせり少し老いしか

先生の脚弱りたり桜咲く新発田城跡をゆるりと歩む

時折りは風のあるらし白じろと散りゆく桜きらめきやまぬ

北上川

みちのくの新幹線に見放けしは水苗代と黄の麦畑

見下ろしの水田に映ゆる白雲を息のみて見る東京育ちは

寄贈せしわが歌集歌書をみつけむと詩歌文学館の書架をめぐりつ

啄木の立ちたる教壇にのぼりたり机の多く教室広し

古びたる机の木目荒あらしその感触に両手を当つる

ゆつたりと北上川の流れゐて啄木をはぐくみし風景はあり

北上ゆ戻りしのちの風邪おもくわが身に沁みて聴くモーツアルト

春の宵孤りにあゆむ公園の髪乱す風なまあたたかき

企画書

講演を迷ひてをりしアメリカのジェーンに再び依頼してみむ

ジェーンよりＹＥＳのメール届きたり早速
企画書送信なさむ
ペンクラブ国際大会

夏陽浴び三時間ほど草とりぬ肩のみ焼けて
赤きを言はる

残暑の日豚インフルの死者出でぬ再びマス
クを購ふべきや

天体の妖しさ怖る神の意志身体《からだ》に感ずる皆
既日食

校庭の木の葉の影の欠けゆくをつぶさに見
しは中学時代

歯科医院出づれば空に鰯雲弁財天に大吉を
引く

七五三に賑はふ境内その奥の歌碑に散りく
る葉の黄色濃し
高幡不動

統一記念日

統一後二十年経しも写真には旧東独の町の
貧しき
ドイツ会館の展示写真

三年を暮らしし町は西独ゆゑわれの視点は
やはり西独

旅したる東独の怖さありありと未だに意識
す心の奥処に

日の差して静まる部屋に白蓮の戦後の歌集
『地平線』読む

冬の夜を肩までつかりわが事を思ひ湯船に
独りごちたり

要領のわろきわれとて悔いやまぬいつもの
ことと諦めにつつ

蹲《つくばひ》の凍れるなかに赤あかと紅葉の二枚閉ぢ
こめられき

娘なく息子のみなるわが日々の遠慮するこ
と多きと思ふ

同じリズムに

鳥の巣のまるくありたり仰ぎみる裸木《はだかぎ》の枝《え》
にからまるやうに

唐突の死の多かりとわが廻り思ひてをりぬ指折り数へて

喪服出しアイロンかけぬいろいろと話したきことまだありたるに　別れたる夫の急逝

寒ざむと師走の町はせはしなく己が不幸など人は気にせず

別れきてこの十六年穏やかに生き来しわれか短歌に救はる

いつ知らずかうして老いを深むるや深更のニュース聴き難くして

気負はずに米寿の母の人生と同じリズムに生くる日日なり

返信の葉書出したりこのごろは欠席すること多きと思ふ

初雪

新年を老いたる母と迎へけり独り身なるも運命ならむ

弁天に今年のことを願ひしも気弱にをりぬ
独りなること

ジャスミンの香りたつ湯にゆたやかに手足
伸ばせり元日の夜は

水無月にわが作りたる梅酒なり今宵味はふ
「慕情」観につつ

庭の面は雪に覆はれをちこちに出でくる蕗
のみどりを競ふ

きさらぎの雨が雪へと変る日に古き歌集を
読みかへしたり

思ひたちて弥生の二日わがために雛人形を
箱より出だす

紅梅に弥生の雪の白じろとかぶれる庭に朝《あさ》
光《かげ》の差す

マイクロフィルム

館内の閲覧すらもままならずマイクロフィ
ルムに自選集読む　国会図書館、柳原白蓮の歌集三冊

二日間マイクロフィルムを読みつづけ背中の痛みに歩み止まりき

パソコンに白蓮の短歌《うた》を英訳す春の夜更けて物の音せず

遠き地のスーパーにゐてどことなく文化異なる土地柄感ず

日差しあびスワンボートがいつせいにこちら見てをり同じ顔して

公園の露店に並ぶ益子焼碗の高台よきを手に取る

わが町はシャッター通りと変りたり味噌を求めてひと駅を乗る

デパートの閉ぢて町の灯うす暗し吉祥寺にも不景気襲ふ

井之頭弁財天

江戸の代の行楽地なりし井之頭弁財天にけふも立ち寄る

井之頭弁財天の石鳥居講中の名はこまごま
彫らる

願主なる金井伝右衛門の住まひしは江戸麹
町七丁目なり

講中の碑のいただきにとぐろ巻く蛇の首も
つ頭に気づく

わが里の井の頭なる弁天は宇賀神なりて蛇
祀るらし

宇賀神の頭《かしら》をみつむ井の頭に育ちきたるに
知らずをりたり

紫草《むらさき》の自生なしゐし井之頭　江戸紫に染む
るその湧水《みづ》

江戸びとの好みなる色　紫草の根にて染め
たる江戸紫は

献納の紫《むらさき》灯籠下町の紫根問屋の意気を想は
す

紫草の根は生薬《くすり》にて病みびとは江戸紫の鉢
巻なせり

言語と思考

六本木の雑踏離《さか》る屋敷町づしやかなるは白蓮の母校

白蓮の学舎《まなびや》に来し「文学と言語」のはなし直《ただ》に聴かむと

ドイツ語と日本語で書く小説家多和田葉子の言葉の美《うま》し

日本語の自作の小説読むときの東京訛りを心地よく聞く

書くときの「言語と思考」尋ねけり気持の支配さるるはなきやと

日本語を独訳なししは誤まてり端《はな》から独語で書き始むとふ

長年のドイツ暮らしの習慣に言語の音感いつくしみしや

テーマなる「文学と言語」聴きゐても「言語と思考」に思ひは及ぶ

日本語に思ひ英語に答ふるに心の違《たが》ふことをわが知る

英語にて思ふは英語　日本語に思ふは日本語にして言語は思考

和語にても異国語にても思ひたる言語によりて思考定まる

井の頭自然文化園

猫ほどのワシミミヅクの太き足黒ぐろとして爪の光れる

ザーリャとふロシア名もつ黒爪のワシミミヅクは枝に動かず

温室を炎のやうに移動するショウジョウトキの嘴長し

若葉色の映ゆる時季《とき》なり鼻を振るゾウのはな子*にみつめられゐる

＊一九四七年生れ

幼き日亡き父と見しはな子にてただに懐かし戦後のあのころ

「将軍の孫」とふ像*の小さきが彫刻園に変らずゐたり

＊北村西望作品

時かけて文化園内めぐるけふ素直に足らふわれかと思ふ

わが故郷《さと》に春陽あまねしふきあげの白き勢ひとどまらずして

II 花を求めて

二〇一〇年～二〇一三年

人形館

欧州の人形なつかし女童のなきわれ旅によく買ひたりき

アフリカの人形の瞳《め》は笑ひゐて大き口より声のはじける

こけしにも出自のあらむ幼き日遊びたる顔探してもみむ

東京の人形もあり亡き祖母や叔母の思ほゆこの犬張子

おかつぱの日本人形豊かなる髪の毛黒し誰が髪なるや

話しつつ観覧車より見遥かす横浜の海昏れなづみゆく

新しき時計の重し日焼けたるわが腕にけふ時刻《とき》を統べゆく

美術館展

おしなべて作風あれど画家の絵は時代につれて大きく変る

六本木のボストン美術館展

知られたる絵とは異なるピカソありムリーリョのある美術館展

わが知らぬピサロの描ける雪景色ドイツの村の寒さ想はす

この夏の乙女の滝*は水嵩のありて飛沫《しぶき》をさはに浴びたり

＊蓼科の滝

六本木の中華料理に贅尽くす山より戻りて
この東京に

ゴッホ作の「星降る夜」に近づきてタッチ
に見入る星の大小

オルセー美術館展

モネの描く「睡蓮の池」の澄める水百年を
経てなほ光《て》りつづく

フランスの教師の苦悩伝はりぬ岩波ホール
に映画観につつ

「パリ20区の子供達」

うすぐらき美術館にてうちまもる仏像の瞳《め》
となよびかな唇《くち》

三井記念美術館

笑み坐《いま》す金銅仏の小さき像まろき肩して胸
肌ひかる

さりさりと髪切る音のふと止まり美容師の
指鏡に白し

国際ペン大会二〇一〇

ホテルでの記者会見に備へむと無口になり
てメンバー動く

ペンクラブ広報委員会

今日ひと日籠りTANKAのプリントを作成なさむセミナーのため

独特の奄美島唄リズムよく国際大会今し始まる

定刻にセミナー開催の挨拶す百四十名の視線を浴みて

篠弘・ジェーンの対談貴重なり短歌とTANKAの詩情がかよふ

もう二度と会ふことなからむ海外のペン会員と雑談はづむ

音たてて団栗さはに落ちきたり野川公園の木洩れ陽の道

フランスの映画に観しは人間の裡に宿せる田園風景

死せるのちその絵売れたるセラフィーヌの没するところ精神病院
映画「セラフィーヌの庭」

雨の降るけふは笑はむ志の輔の落語を聴かむ夜の恵比寿に

「替り目」の女房明るしその笑顔いかにやとふと志の輔を見つ

「紅葉狩」

御苑にて抹茶と和菓子味はひぬ秋のこのころこの国は愛《は》し

ゆくりなく入りし店にて鮑など味はひ今宵饒舌となる

日の暮るる新宿御苑に異《あや》しかる鬼女ら舞ひゆく「紅葉狩」観つ

いつの世も歴史は勝者のものなりて美《は》しきもなべて鬼女と化《な》りたり

抜け目なく主人をだます太郎冠者現在《いま》に通ずる庶民の笑ひ

薪能見終へて仰ぐ新宿の空に月あり静まる御苑

出口へと向ふ夜道の照らされて葉群の白く桜《はな》咲きたるや

「終着駅」

晩年のトルストイを描く映画なる「終着駅」
に人の世を観つ

神のごと信奉されゐしトルストイの家庭を
想ふ現在《いま》この年齢《とし》に

トルストイの名を知りたるは十歳《とを》のとき父
の訳なる『イワンの馬鹿』に

童話の文《ぶん》なめらかにせむと校正を十歳《とを》の私
に父は読ませき

十代に『アンナ・カレーニナ』読みてゐて
良き結婚を願ひたりしも

晩年のトルストイとの葛藤にその妻ソフィ
アの孤独を思ふ

悪妻とふソフィアの寂しさ想はむか夫はい
つしか信奉者のもの

秋晴れの三鷹の町に待ち合はせ古典落語の
「宮戸川」聴く

向かひあふ太宰治と鷗外の墓地に手合はす
ふりむくやうに　三鷹の禅林寺

この寺に義父母も父も葬儀せしに初めて拝む文豪の墓

わが里の吉祥寺にてはじめての鰻屋に入る日本酒旨し

外苑並木路

選りたりし緑の紬に茶の帯し銀杏並木の黄《こ》金《がね》路《ぢ》をゆく

外苑の銀杏並木を通りぬけ立ち寄り見たる御観兵榎

名木のひとつばたごを仰ぎゐてかの歌思ひぬ絵画館前

幕末のなんじやもんじやは枯れ尽きて大き切り株さらされてあり

久びさの絵画館なり絵にたどる維新前後の歴史鮮らし

ゆくりなく絵画館にて観し絵には白蓮の養《ち》父《ち》随光描かる

新宿にジャズを聴きたりげんこつに鍵盤たたくその音の澄む
板橋文夫のピアノ

そばに聴くドラムとベースのリズムよく高鳴れる音わが身を透る

教室に子規の俳文の英訳を聴きゐていつか心足りゆく
ロバート・キャンベル氏講義

英訳の『病牀六尺』読むうちに明治の男誇らまほしき

寂寂《せきせき》と秋の夜われは照らされて武蔵野が原に月冴えわたる

ゴッホ展

風の音《と》のしかと聞こえて草薫る「ひばりの飛び立つ麦畑」の絵に
国立新美術館

静まれる「セーヌの岸辺」の左上なる白雲にあるゴッホの指紋

赤ひげと青き瞳は調和せり遠くに見るべし帽子の自画像

赤と緑《グリーン》、黄と紫の補色にて紅毛碧眼の自画像鮮やぐ

背景の黄色に映ゆる「アイリス」の紺と紫
光を放つ

描かれし「アルルの寝室」の復原が展示さ
れゐて意外に狭し

濃紺の大島紬にショパン聴く横浜《みなとみらいホール》にけふい
のち満ちたる

笑みてゐる写真のわれにふと問ひぬあなた
の人生幸せでしたか

凍てつく日井の頭公園歩みゐて器用といへ
ぬわが性《さが》思ふ

詞書き多かる『長塚節歌集』その短文の簡
潔にして

前列の席に「第九」と聖歌《オーチャードホール》聴くしたたるご
とき歌手の瞳は

春の海

浅草に初詣なるけふ寒く甘酒が今わが身を
満たす

江戸簾江戸切子など展示され祖母の笑顔の顕ちて和み来

江戸下町伝統工芸館

新春の末広亭にくつろぎぬ古典落語に手品もありて

うちとけて今宵フラメンコ観つつ呑むボトルのワイン甘みの深し

小田原の二の丸跡に紅梅は五分咲きとなる春の陽差しに

春の海見まほしと来し夕暮るる国府津の海のさわぐ波音

白波の海に生まれて消え逝けり渚に残る一瞬の泡

二世紀のガンダーラなる仏陀坐像端整にしていかめしき顔

平山郁夫「仏教伝来の道」展

パキスタンの弥勒菩薩は坐りゐて水瓶を手にゆたやかにゑむ

誕生日すでに疎しと言ひつつもスッポン料理ともに味はふ

スッポンが土鍋に煮えてこはごはと箸にとりゆく友のあとより

仰ぎみる夜空に白く月尖りわが井の頭寒さ
厳しき

映画なる「冥途の飛脚」の筋を追ひ大阪言
葉の字幕読みつぐ

御免の印章

馬車道とふ名の駅降りぬ他国《ひとくに》を旅ゆくやう
なはづむ心に

移民船連絡のため使ひしとふ岩壁列車のホ
ームの跡あり

幕末の御免の印章に写真なく墨跡太く名の
み記さる

海外移住資料館

墨書なる御免の印章*は幕末にハワイ王国に
民送るため

*パスポート

古びたる柳行李と茶箱には移住のための種《くさ》
種《ぐさ》ならぶ

傷みたる柳行李に厳《いかめ》しく大きく占むるは薬
の箱か

綴ぢらるる「珈琲栽培約束証」英文タイプに契約詳し

横浜の港近くに並びたつ移民宿多きを古地図に見つむ

「呼び寄せ」とパスポートには記されて正面見据うる着物の女性

開かるるページの歌に希望あり展示されある移住者の歌集

アメリカの「二世出生証明証」移住者たちの希望想はす

春節

春節の横浜媽祖廟混み合へり列に続きて参拝なさむ

音曲に踊る大蛇が練りゆくを初めて観たり中華街きて

桃色の大蛇の踊りを目に追へる中国系の青年の顔

愛嬌のある獅子二頭赤と白舞ひをさめたり首高々と

武者小路実篤記念館

「観梅の調べ」に琴のたかなりてその確かなる指先見つむ

尺八もチェロもビオロンも調和して琴の音色は部屋に漂ふ

装丁のあな美しや大正期の「白樺」幾冊展示されあり

芸術家ゴオホの内なる葛藤に極限をみし実篤といふ

実篤はゴオホの絵に触れ詩を作り理想となせり文人として

晩年の実篤の絵は色彩もやさしくゴオホの激しさは無し

花を求めて

蠟梅のしるき香りに足をとむ春の陽射しに黄の花まぶし

晋平の旧居にひそと置かれある古きピアノの音聞かまほし

表面のゆがみて見ゆる玻璃窓や長き廊下を
わがなつかしむ

梅園に甘酒飲みぬ寒き日のわがうつしみの
脈打ちはじむ

咲きみつる河津桜の色の濃く土手に続きて
道は赤らむ

屋根のあり家のやうなる御所飾り雛たち笑
みて会話するごと

可憐なる五段飾りの両側に吊し飾りのあま
た華やぐ

春めける伊豆高原に滝落つるその音しまし
黙すまま聴く

東日本大震災

老い母の手を握りしめ玄関にただに大地震《おほなゐ》
をさまるを待つ

庭先のつくばひの水揺れゆれて音たててい
ま水はこぼれつ

大地揺れ凧のごとくに柿の枝が風にしなひて空を泳げる

対策のひとつは「計画停電」か聞き慣れぬ語彙に不安はつのる

英国やドイツの友らのeメール大地震ありし直後に入り来

雨の降る道玄坂を友とゆくセシウムの数値わからぬままに

浮世絵を見むと来たりし銀座にて暫く中止との貼り紙に遇ふ
出光美術館

せむ術知らず（長歌）

うちつけに　災害ありき　大地震《おほなゐ》と　大津
波また　原発の　事故もありけり。うつつ
にも　公演中止　数多《あまた》にて　ぬばたまの夜《よ》
も　余震あり　息づきあかし　嘆けども
せむ術《すべ》知らず。老い母と　ふたりの生活《たつき》
平《たひら》けく　安けくあらめ。あらたまの　年経《ふ》
るままに　たまきはる　命惜しけど　せむ
術もなし。月の経《へ》て　春さりくれば　鶯の
　来鳴きとよもし　桜花　色めづらしく
在るが欲し。蕗の薹　竹の子もまた　わが
庭に　春告ぐるとき　セシウムを　畏るる
なきに　食べまほし。わが命　真幸《まさき》くあら
ば　またもみむ。願はくは　旅にゆかまし
梓弓　手をたづさへて　今行かまほし

反歌

震災の後《のち》の不安の消しかたく旅に出でなむその地を知らず

原風景

白き浜青き海なりこの国の原風景に津波を愁ふ

海風の頬に冷たき伊良湖岬に日の落つるころ充ちゆくわれか

日の出づる海に向かひて湧きて来るこの充実を貴しとせむ

菜の花は黄色にもえて早朝の冷気に香る甘さにひたる

椰子の実の記念碑ありぬ海神《わたつみ》の不思議なちからただに畏れつ

伊勢神宮

二《ふた》十《と》年《とせ》の式年遷宮つづけくる厳《いかめ》しかりき神をまもるは

聖と俗の境界となる五十鈴川その宇治橋を渡らむとする

寂寞として

入生田《いりうだ》の枝垂れ桜の巨《おほ》きくて包まるるまま
その下に佇つ

箱根路をたどりきたれば御堂あり童顔《わらべかほ》なる
六地蔵笑む

岩壁に小仏の群れ彫られありその顔《かんばせ》の異な
るを見つ

寂寞《じやくまく》と曽我兄弟と虎御前の供養塔あり夕陽
に映えて

懐かしきピカソ館なりいつ見ても心明《あき》らむ
その色遣ひ

そばだてる段《きだ》登りつめたどりきし箱根神社
に人の声せず

昏れてゆく芦ノ湖に富士と真向ひぬ寄せく
る波の音はかそけき

水辺には水芭蕉の花白じろと湿生花園に燦
と陽の耀《て》る

古色たる化粧道具の展示されなまめかしけ
るその部屋暗く

照明のやはらぐもとに置かれたるエジプト
王妃の化粧《けはひ》の品品《しなじな》

筑紫行

時かけて今し来たりぬ幸袋の伝右衛門邸そ
びえたつみゆ

玻璃窓の広き二階は白蓮の使ひし部屋か庭
より仰ぐ

白蓮の棲みしサロンの華やげりあまた連な
る部屋をめぐりて

静かなる遠賀川なり白蓮の歌碑と並びて風
に吹かるる

太宰府の鷽鳥の像亀戸の鷽と違へりその顔
その色

白黒のなまこ壁なる記念館やうやくに来つ
今し入らな

白秋を偲びて巡る生家なり声の聞こゆるや
うな部屋ぬち

柳川の古文書館に藩士らの気風にふれて生
活を偲ぶ

掘割ゆ水引き入るる池といふ柳川藩士の庭
に安らぐ　旧戸島家住宅

柳川の三柱神社に足腰の守護神ありて手を
合はせたり

並倉の煉瓦の色の塀に映えゆるらかに行く
この城下町

立花家の甲冑《よろひかぶと》の緋をどしに目を奪はるる美《は》
しきその色

行きすぎて戻りて見付く「帰去来」の詩碑
の刻字を手になぞり読む

ノラの晴れ着

草枕旅の最中《もなか》のわたつみに思ひ萎るる心放
たむ

風強き荒磯にひとりこの孤独諾はずをり若
くあらねば

声あげず心にしまふ理不尽をざわめく海がしきりに煽る

ノラのごと孤りになりて幾年か嵐近づく海は青かる

砕け散る波の泡だち真白きはノラの晴れ着のレースといはむ

渦巻きて白波激し潜めゐる無念の思ひを掻きたつるがに

わたなかに白波走る真夏日を蘇鉄花咲く道くだり来つ

朱の濃き蘇鉄の種は遠つ世の土偶をみなのいのちにかよふ

鎮魂

再訪の回向院には猫塚とねずみ小僧の墓古びたり

能管の笛響くなか「鎮魂」とふ新作能の朗読つづく

震災の「鎮魂」といふ謡曲とその英訳を交互に聞きぬ

のどやかに雛の日逝けり老い母と二人の暮らし幾年なるや

わが里にデモあり初めて加はりぬ三・一一の震災の日に

われもまたシュプレヒコール唱和なす「子供を守れ」「なくせ原発」

庭の蕗去年《こぞ》は採りたり震災の前日まではこだはらずして

「ジャーナル」の英詩の校正つづけゐて小さき文字に目の痛みそむ

いつ知らずかくして体力失せゆくや本の小包手に重たかる

みづからも老いづきくるや共に住む母の衰へ覆ふべくもなし

満月の美《は》しとのメール届ききてともどもにいまを生きゐる証

二重の虹

田浦なる梅咲く丘に見はるかす海は灰色ただに鎮まる

くれなゐの河津桜と深き黄の菜の花つづく三浦の三崎

多摩の町モノレールよりゆくりなく大いなる富士久びさに見き

訪ねたる古き知人の玄関の絵に桜花あざやぎて咲く

浅草の伝法院の大絵馬に迦陵頻伽《かりやうびんが》や鵺《ぬえ》を知りたり

浅草寺の五重塔とスカイツリー桜も添へて写メール送る

白壁に映る木の影まつぶさに欠けてゆくなり金環食に

大雨のあとの空には二重なる虹の掛かりて電話に知らす

日本列島

茫々と日本列島は猛暑なれメダル取得の報に明けたり　ロンドン大会

再稼働反対の声薄暮なる吉祥寺より聞こえきたりぬ

買物の帰り路に聞くシュプレヒコール女性の声のひとときは透る

水の澄む公園過ぎりセシウムに色も匂ひもなきことと想ふ

山の上に望月ありて海の面をひとすぢ照らす写メール届く

「ドビュッシー　音楽と美術」展

絵画みて作曲なししドビュッシーその発想はかつてなきもの　ブリジストン美術館

モネの絵に「水の反映」の曲流れ音声ガイドの説明進む

北斎の浪裏の絵に交響詩「海」流れきてBGMに

交響詩「海」の楽譜の表紙には北斎の絵の浪描かれあり

ピアノ弾く女性の手首美しきルノアールの絵にドビュッシーを聴く

「懇願」と「ワルツ」の小さき彫刻にカミーユ作と気づき足とむ

広重の五十三次白雨の絵ドビュッシーにはいかにか聞こゆ

こちかぜ

春風はありとしもなく尖りたる辛夷の蕾に光こぼるる

東雲《しののめ》の空仰ぎゐてこのごろは人恋ふことも難しと思ふ

木蓮や辛夷盛りてけふ桜《はな》も春いつせいの声を喚げくる

東風《こちかぜ》に桜きはやかに咲《ひら》きたりいちにんのわれ今日を生きゆく

さみどりに透く天ぷらの蕗の薹さきさきと
食ぶ塩ふりかけて

宵空に桜の色なく透けてみゆ物を思ふはと
めどもあらず

大雨のあとの公園桜散りて池の面《おもて》に花筏敷
く

あとがき

この集は『水壺』につづく第六歌集です。二〇〇六年より二〇一三年までの七年間の私の六〇歳代の作品四二〇首と長歌一首を暦年順にまとめました。

三〇歳の誕生日に始めた短歌ですが、今年古稀となり作歌歴も四〇年となりました。当初は「コスモス短歌会」に所属、宮柊二氏逝去後は、島田修二氏に師事し『青藍』の創刊に加わりますが、同氏が急逝してからは超結社の勉強会「十月会」「十九年の会」に関わるのみで、どこにも所属せずに一人で詠んでおりました。その当時出版したのが『水壺』です。

私は三〇代に夫の赴任した西独に三年、五〇代には日本語をスタウブリッジカレッジで教えるため英国に一年滞在しました。かねてより短歌が俳句ほど世界に知られていないのを残念に思っていました。少しでも多くの外国の人に理解してほしいと、今までに『柳原白蓮の百首』など英訳の歌集四冊と自選集一冊を出しています。

二〇一〇年に東京で行われたペンクラブの国際大会では、私なりの発案で米国の歌人J・ライチホールド女史を招待し、同時通訳で篠弘先生との対談を実現させていただきました。さいわい篠先生はこうしたことにも広い理解をお持ちでしたので、日本の短歌への招待、短歌の紹介ができて大変誇りに思ったことでした。今では英語圏だけでなくフランス、スペイン、ドイツや東欧にも短歌を愛し、自ら作る詩人も確実に増えています。これからも私はこうした輪を拡げていくことに携わりたいと願っています。

私は三年ほど無所属のままでしたが、「まひる野会」に入会して七年経ちます。その間自由な雰囲気のなか、短歌も英語短歌も作り、そして今は短歌の西訳も試みています。短歌がＴＡＮＫＡとして通用

できることを願って、翻訳などのライフワークを遠慮なくできる場を持つことができました。

この集ですが、今までの五冊の歌集と違って海外詠は一首もなく、歌材も実に地味なことに気づきました。日ごろ篠先生からとかくガーデニングの歌はつまらないと伺ってきました。みずからの存在理由を確かめ、また歌の素材をみつけるためにもと、つとめて展覧会や講演会に出かけるように心がけました。しかし九〇代の老母との二人暮らし、同じリズムで生きていますので日常生活の行動範囲も狭くなっています。また歌集にまとめるに際しても、これまで以上に辛いものでした。途中挫折しそうになり、時折り短歌を作ることさえあきらめかけたのですが、歌集出版を示唆し、お奨めくださった篠先生の恩情を支えに、こうして実現できましたことは大変な喜びです。

歌壇のみならず日本文藝家協会理事長、宮中歌会始の選者などとご多忙の篠先生ですが、大切な時間をさいて私の作品にお目通しいただいたうえ、心のこもった帯文を賜り、心より有難く思っております。

またひところ私が短歌から遠ざかりそうになった折に、それとなく元気づけてくれた古くからの歌友たちにも感謝しています。そのうえ何かと声を掛けてくださる「まひる野会」の会員の方々からのご好誼も忘れられません。

この集を編むにあたり、万端のご配慮をくださいました砂子屋書房の田村雅之社長はじめスタッフの方々に厚く御礼申し上げます。

二〇一四年八月

青木春枝

自撰歌集

『七井橋』（抄）

絆

一九七四年〜一九八四年

梅の実の青きに幼は手をのばしわが腕のなか身をよぢりたり

連翹の黄色に蝶のとまりゐて春のひとときを幼子黙す

敷石に跣足の音の響かふを確かめゐるや幼はねとぶ

おぼろげに酔ふ心地なり覚めてなほ夢の人との語らひ思ふ

日の暮れに吾子帰りきぬ耳朶《みみたぶ》の冷たく固く草の香匂ふ

寂寞と鉛いろなる湖《うみ》の面《も》につぶされゆきぬわが抱負など

苛立ちの泡立つ夕べ術なくて両の手冷たき水にひたしぬ

わが生命粗末にすまじ父母《ちちはは》とわが少年をつなぐ血なれば

旅

一九八五年〜一九八八年

残雪を握る弓手《ゆんで》に音のして固く締りぬわが心処も

日の暮れて一人座席を占むるとき夏の帽子を扱ひかねつ

月琴とふ小さき四弦飾りあり弾く女性《ひと》想ひその音を想ふ

髪型の似合はぬままに町をゆく不安はいつか切なさとなる

路

一九八八年〜一九九二年

皿洗ふ単純にゐて気のゆるむ夕べをふいに声あげて泣く

冷たかる言の葉ひとつ反芻し川の流れに流し捨てにき

冬鴨の池に群れをり如月の陽ざし動かし右へ左へ

歳々を精一杯に生きて来し証のごとき本棚整理す

小さきこと胸にささりぬ母よりの電話のあとを坐りしままに

十本の薔薇の紅きが香りたる居間に孤りの時間《とき》を逝かしむ

訣れ路

一九九三年〜一九九四年

書類書く手の止まりたり今日よりは五の字を遺ふ年齢の欄

英国暦日

一九九五年〜一九九六年

昏れなづむ野外の劇場冷えまさり舞台の上を蝙蝠の群る

重き音たてて扉《と》を押し教会を出づれば古都に秋陽あまねし

荒れ果つる修院跡に立ち寄りぬ柱に雨のただに滴る

盆点ての茶をふるまひてカレッジの文化講座の終了日とす

帰国して母に報告

英国の一年間を日本語に訳し伝ふる不可思議な時間《とき》

英国残照　一九九七年〜一九九八年

冬の夜に友を思ひて文書きぬ相槌のなき会話のやうに

風薫る五月の空に拡ごれるなんじやもんじやの大木仰ぐ

紫の単衣の袖身にかるく水無月の朝心楽しき

六月の暑き日風の湿りゐて不忍池に鴨の動かず

右ひだり音を追ひつつ花火散る夜空仰ぎぬ吾妻橋の上

七井橋

育ちきしわが古里の橋の上に幸も不幸も過ぎ去りぬきぬ

腑に落ちぬ夢分析を聴きにつつ潜みゐるらむ原罪思ふ

『追憶《おもひで》』（抄）

三十路

走り来てチューリップ今朝咲《ひら》きしと声高に
告ぐ幼き吾子《あこ》は

日の暮れて人の絶えたる花野ゆくわれと吾
子らの声のみひびく

異国での子等との生活《たつき》想ふ夜《よる》日本の童話を
荷に加へたり

異国住ひ

小雪ふる薄暗き朝子とのぞく庭に野兎二羽
のはねゆく

買物に子と引きてゆく橇《そり》のあと新雪の上《へ》に
ふたすぢ続く

雪残る白き芝生に夜は更けて仰げばドイツ
のまろき月あり

運河には各国の船往き交ふを吾子らは旗に
国をあてゆく

種子絮《たねわた》の飛び交ふ春の森にゐて子らは小川に紙船浮かす

夏盛るエルベ河畔の昏れなづみ船黒々と進みゆきたり

「寅さん」の日本語懐しドイツにてひととき古里《ふるさと》東京偲ぶ

手廻しのオルガンの曲聖歌なりコイン置くとき老人微笑《ゑ》みぬ

春陽光《て》る芝生は青《あを》み久々の国際電話に母の声聞く

おだんご地蔵

鼻欠けしままに笑まへる地蔵あり樹齢百年《ももとせ》椿のもとに

さそり、琴、鷲、白鳥と星空を自在に描ける古人羨しき

朝陽さす多摩の川原の砂しめり鳥の足跡くねりてつづく

初春の陽はゆたやかに海に光《て》り悩めるわれの両手《もろて》にも充つ

梔子のひと花を切り壺にさすただそれのみに憎しみ薄る

女神湖のヴィーナス像は雨に濡れ青き雫を胸より落とす

祀らるる木地蔵みな微笑みて肩よせ並ぶ山路の洞に

夕立のあとの山道のぼりゆくわが先ざきを青蛙跳ぶ

大輪の青色もよし真白なる小ぶりもよろしあぢさゐの花

四十路

この乳房含みし子らの育ちきて母を疎しと思ひそめしか

うつつなき心に独り籠りゐて如月の陽にわが手さらしぬ

何せむかいかに生きむと問ひつつも何やらむなしいぶせき春は

絨毯の掃除をせむとソファー除けテーブル除けて真中に佇つ

日の昏るる海岸線に白波の泡立ちゆれて海
黒くあり

甲板は雨に濡れゐて夕刻の横浜の灯をかす
かに映す

奥底に重き心を抱きつつ家事なしをりぬ穏
しき態に

仰ぎみる老紅梅に濃き花のかはらずにあり
かへる追憶《おもひで》

厚塗りのルオーの画布は光りゐてわが寂し
さを包みゆきたり

春の夜のいぶせき思ひ振りきれず髪をすき
たり心ゆくまで

なべてもの人幸せに思ふとき独り籠りて琴
弾きてみる

辛きこと多き春の日沈丁花ほのかに香り暫
し救はる

暮れ残る青梅の里に寺の鐘おだしく聞こゆ
老杉《らうさん》ぬひて

俊寛の涙ぬぐふ手絶望の心となるを篝火照
らす

松籟

おぼろげに松籟を聞き自らの事のみ語りやがて黙しぬ

庭の蔦整理するうち夕暮れて晩秋の冷え早も厳しき

樅の木を売る花舗のありドイツでの聖誕祭をなつかしみ買ふ

鷽鳥《うそどり》の木彫りが欲しと朝早く亀戸天神母と訪《おとな》ふ

多門院の玄関固く閉ざされて蜘蛛の巣ひとつ光りてありぬ

庭は今朝霜のおきたる枯れ野にて朝陽の鈍く白く射しゐつ

日常に埋《うづ》もれ生きるわれにしてふみ子*の激しさまぶしかりけり

*歌集『乳房喪失』

多福寺の黒き山門閉まりゐて軽くたたけば木の音鈍し

ビートルズの歌詞を連ねて訳せよとわが受験生長髪にして

谷保天満宮

元旦を無口なるまま長の子は模試を受けむと急ぎ出でゆく

吾子のため合格祈願し手を合はす谷保天神に太鼓の響く

窓枠の同じ角度を常にゆく飛行機今日も冬空のなか

紬着て友と逢ひたり新宿の茶房にひとときを受験子忘る

合格の喜びひたに押し寄せて蘭の花買ひ苺も買ひぬ

ブラウスにアイロンかけつつ饒舌になりゆくわれの充たされし午後

立ち寄りし帝国ホテルでパン買ひぬ香り豊かな小さき幸せ

温室にコーヒーの木あり厚き葉の繁れるひともとわが背丈ほど

夕暮るる新宿の町を息子らと歩みゆくときはずむわが声

箱根路

彫刻のあまた置かるる箱根路の拡ごる空に心を放つ

春の陽にさねさし相模の海光《て》るを母と並びてしまらく見つむ

灯台は現在《いま》も変らず若き日の自在を思ふ石廊崎にて

温泉の濁る湯に身を沈めゐて母と二人の会話短かし

あてどなく日曜を一人出できたり術なきままの結婚記念日

池の面に輪となり消ゆる雨みつつわが人生をうとみゆくなり

人生を長きと信ずる前提に今の生活《たつき》の惨憺《さんたん》に耐ふ

シャガールの自画像の線美しくわが生き方の愚直を思ふ

微笑《ゑ》むのみのまろき地蔵をみつめゐて次第に心ほぐれきたりぬ

日に幾度背比べをなす中学生うれしくある
やわが背を越えて

寄する波小さくかへすを見つめゐてゆゑも
なきまま若き日寂しむ

不器用なわが性質《さが》ゆゑに誤解とく術《すべ》なくて
今日あやめ活けをり

長き髪をサクサク音させカットする美容師
の手は頬に冷たし

ひとりゆく銀座の通りに配りゐしセントポ
ーリア一鉢もらふ

十一面観音

ひとけなき渡岸寺《とほがんじ》にて充つるまで十一面観
音を仰ぎ見入りつ

近江路の宿の静寂に寝ねがたく今日のひと
日をノートに記す

一人にて頼りなきわれ湖《うみ》の辺に朝の波音き
きて佇む

あぢさゐの赤、青、紺と咲き競ふ法然院に
風の涼しき

雨強く打つ音のして宿に覚め一人物憂く夜具にくるまる

黒に黄の細身の昆虫かさと落つ青き桐の実わが手折るとき

長き髪櫛けづるわれ映りゐる鏡は見する内なる焦燥

青空ゆ大粒の雨降り初めて町は次第に闇となりゆく

若き日の心のままの現身に耳鳴りといふ不可思議きたる

秋のひとり旅

山寺の乾ける空気心地よし一人なること心豊けく

山寺の大き自然に充たされて手脚をのばし立ち上がりたり

金堂は重厚にして木洩れ日の肌にやさしく秋清やかなり

お茶を飲むしましの間《あひ》を一人にて旅にゐること深く思ひぬ

潮風に吹かれ松原ゆくわれの心の奥に悲しみを聞く

充ち足りて人に添ひゆく幸せを味はふことなき日々と思へり

現身のかなしきまでに冷えきたる旅の最中《もなか》に生命を思ふ

小浜なる登美子の歌碑に手ふれしに秋の夕闇唐突に来ぬ

賀茂川の黒く流るる河岸にわれいつからか星に囲まる

悲しとて泣かまほしきを暗き夜に一人帰りぬ京都の宿に

坂道の分かるるところ地蔵尊十一体の小さきが笑みつ

金髪の青年ひとりすれ違ふ詩仙堂の庭秋陽輝く

灯籠のふたつが並ぶ参道を四拍子にて石段《いしきだ》のぼる

山樹々のひそと穏しき小道には地蔵尊あり黄菊飾らる

旅にしあれば

晩秋の陽はうすづきて山茶花の仄とひとむら白く花咲く

篝火のふたつが赤く燃え盛る円乗院に里言葉充つ

わが暮し辛きを隠さず語るとき春の木洩れ日友に射しゐつ

焦燥も失意も捨てて春の日を心放たむ旅に出でなむ

ひんやりと宝物殿の薄暗く阿修羅の細き腕宙《そら》に伸ぶ

今様《いまやう》に髪型愛《は》しき阿修羅像の切れ長の目に見つめられをり

仏頭の厚き唇つき出でて穏しき笑みに心和らぐ

端正な仏頭の眉細くしてその曲線の柔和を好む

たくましく筋肉質の上体をさらして立てる像もまた好《よ》し

春陽さす鍵屋の辻の茶屋に飲む甘酒熱く孤独癒さる

色淡きローランサンの絵葉書を一枚買ひぬ友に送らむ

雨の夜を孤りに過ごすわれもろく優しさあふるる言の葉の欲し

春の風肌にやさしく触るる午後逢ふ人のなきわが身と知りぬ

洗ひ髪整はぬまま寂しき日快楽《けらく》に沓き生活《たつき》を憎む

目眩《めまい》

秋雨に桜の落葉重なりてわが耳鳴りはなほも続けり

横たはり眼《まなこ》閉づるも目眩なすわが身の内に鬼棲みゐるや

マレーシアに夫単身赴任す

赴任する夫を見送り安堵せりビルの屋根の上《へ》夕陽赫焉《かくえん》

紫陽花の紫濃きが雨に濡れ咲き盛る今日穏しくをりぬ

簞笥より着物をなべて取り出だし思ひ出とともにたたみなほしぬ

聞こえくる「ムーン・リバー」に若き日の悲しきほどに具体的なり

紅梅の莟ふくらみほつほつと濃き色雨に濡れて寂けし

無患子《むくろじ》の背高き枝が如月の空に伸ぶるを仰ぎて空虚《むな》し

紅引けば寂しき吾も生き生きと幸ひ多き女となりぬ

堤防に見放くる桜動くごと眼下に群れて多摩湖暮れゆく

抱かるることなく過ぎし幾年を疎みてしまし湖《うみ》見渡しぬ

竹林の風に鳴る音聞きつつも心の揺れをさめがたかり

あたたかき腕《かひな》のなかで泣かまほし現身冷えて死を思ふ夜

夜の更けを孤り静寂《しじま》に晶子読み心さらけてわが事思ふ

子らの旅立ち

子は育ち夫は外国《とつくに》われ孤り会話なき夜をセザンヌを見る

哀しみを遠ざけむとて皿洗ふ風強き春水音《みづおと》たかし

何ゆゑに苛立ちゐるや涙していぶせき春をうらみつつ生く

家内の静寂にひとり身を沈め琴爪見つつおのれ見てをり

幸せを装はむとしてマニキュアの赤き指にて髪をかきあぐ

報はれぬ生き方疎み真白なる卵を割りぬ春陽さす朝

口紅をふた色塗りぬ色重ね濃くなるほどに悲しみつのる

湯浴みなす四十路なかばの乳房にて愛を語るも遙かとなりぬ

献血に赤く吸はるる一筋のくねりて踊る呪ふがごとに

鮮紅のわが血吸はれて注射器を充たしゆく
見つ生くる証と

愛するも愛さるることも杳けくて荒野に佇
てるわれかと思ふ

陽を反へす椿のみどり葉つやめきて鬱なる
われをなぐさめくれぬ

酔ひゆゑか饒舌にしてよく笑ふ吾を冷たく
われの見てをり

風邪に臥すわれを励ますごとく鳴る昔のレ
コード音かすれゐつ

公園の桜仰ぎぬ孤りなるわが顔に手に白く
散りくる

賑はへる鬼灯《ほほづき》市の呼び声に朱鮮やかな一鉢
を買ふ

早朝の光悦寺には鶯の細《くは》し声してのちの寂
寞

見るほどに阿修羅の表情うつろひて吾の心
の見透かさるるや

暮れなづむ秋篠寺の梅白く静謐にそを沈め
香りぬ

『石畳道』（抄）

日と影

『むさしのコスモス一九八一年一月号』の百首詠（野村清三〇首選）

日と影が闘牛場を二分する時に始まるオーレのかけ声

日曜の蚤の市《ラストロ》きたり暑き陽と雑踏のなかジプシー踊る

夕暮るるハイテルベルクの古城より町見放くれば鐘の鳴り出づ

ローランの巨像の膝の汚れゐて掌に払ひつつ顔仰ぎみる

検問を待つ間も銃を身につけし若き兵等のけはしくのぞく

昨《きぞ》の日は西より見たる同じ門を今朝東より仰ぎ見てたつ

橋げたに肖像あまた彫られゐて見守られゆくその下を吾れ

王宮の部屋めぐるとき少しづつずれて正午の時計なり出づ

西欧処々

『むさしのコスモス一九八四年七月号』の
百首詠（野村清三〇首選）

パンテオンのまろき天井明るみて窓より太き光線の射す

フィヨルドに霧たちこむる夕つ方灰色の海不気味に動く

市庁舎の仕掛時計の人形は酒飲み干しぬ時を打つとき

橋の名はアレキサンドル三世とふこの欄干にセーヌを見放く

石畳道

赤茶けし煉瓦家並の静かなる石畳道すりへりまろし

マタドールのつひのひと突きその瞬間《とき》に大き牡牛は膝折れ倒る

解かれたる帯のやうなるタホ河をアルカサルより遙かに見放く

グラナダに生れしロルカ*を思ひたり茜色なるシエラ・ネバダみゆ

*ガルシア・ロルカ

異文化超えて

黄昏るるノッティンガムの城の下ロビンフッドの像たくましき

廃墟なる古き修院石壁の厚く残りて氷雨降りつぐ

新年の暑き国なりマレーシアの町並なべて夏陽につつまる

八月の真冬の寒き豪州に羊の群れは自在にをりぬ

『UNA VIDA　ある物語』（抄）

心たぎつ

三〇代の物語——絆のとき

三十路にて二児の母なるこの日々をものな愁へそ桜は咲きぬ

幻かいぶせき夢か恋ふ心地しましあぢはふ春のあけぼの

かがまりて吾子に囁くおまじなひ泣き声いつか笑ひとなりぬ

ほろほろと桜散りくる土手沿ひを自転車に
ゆく二人児乗せて

白薔薇のほのと香りぬ狭庭辺を風の動ける
五月の闇に

いま一度眼《め》を閉ぢてみむ　おぼろなる夢の
断片つながりゆくや

何惑ふいぶせき春を充たさむとたぎつ心に
「乱輪舌《みだれ》」弾きたり

厳しかる父退官し黙深く春の庭にて梅の枝
刈る

冬籠る異国暮らしの食卓に黄に華やげる水
仙を置く

ひとつらの銀世界なる畑の上を鸛《こふのとり》一羽横
切りて飛ぶ

鉄道も橋も断たれし国境の河の畔に東独眺
む

緑濃きアウミューレの森肌寒く細き土筆を
少し摘みたり

多摩川を百草園より見放けゐて心ゆきたり
故国に住むと

梔子の香れる居間に文《ふみ》を書くわが時間《とき》は充ち雨音激し

バーグマンの「秋のソナタ」に母と娘の会話鋭く生き方強し

真夜に覚め寝つかれずをり秋冷の静寂にしまし虫の音を聞く

瓶にさす蔓に若葉の萌え出でて願ひの叶ふ予感兆せり

輝割れの指に琴爪《つめ》はめ正月を「春の曲」弾く若き日恋ひて

心たゆたふ

四〇代前半の物語――それぞれの路

たづきなく籠りて琴を弾く吾をもてあましゐる四十路の心

教室に長男の短歌貼られあり真実なるや相聞の歌

堅香子に淡き春陽の遊びつつ傾《なだ》りに揺るる光《かげ》の寂しき

あはあはと藤の花房風にゆれわが裡いつか素直にをりぬ

華やげる包みの二つ置かれあり息子らよりの誕生祝

小雨降りけぶる町あり海のあり車窓に始まるわが一人旅

仰ぎみる十一面観音御姿の豊麗にして旅の充ちゆく

正面の御顔を横に仰ぐとき観音の微笑《ゑみ》変りゆきたり

本を読み音楽を聴く只事に時折り不意に涙の溢る

目の奥に小さく光りて哀しかる女心をいかに鎮めむ

荒々と鏡拭へり化粧して思ひつめたる女がをりぬ

寂しさを会話となせば黙深く葉月の空に雲流れゆく

さにつらふ黄葉《もみぢ》落ちくる公園の木洩れ陽のなかわが日々思ふ

鮑などコリコリ音たて食べるうち悲しみなどは何処かへ去りぬ

心まどふ

四〇代後半の物語——決断のとき

美しき彫刻家なるカミーユ*の強さも弱さも
女のゆゑか

*映画『カミーユ・クローデル』

カミーユのその生き方の激しさも諾ひゆけ
りその才能も

人に逢ふときめきに似て香水のびんを開け
たり春浅き夜に

女とふ性の差別を話しゐて晶子久女の熱く
思ほゆ

狭山湖にいまし落ちゆく赤き陽の厳然とし
て夏の日の暮る

失意とふ心の間《あはひ》を逢ふやうに文《ふみ》を綴りて心
放てり

銀座にて洋書店《イエナ》に寄りぬデ・ニーロの「恋
に落ちて」のシナリオ買はむ

霜月の庭たまゆらのあはれあり若さ遠のく
吾が声低し

理由《わけ》ありて家《や》うつりをなすこの町の円乗院
にわが幸願ふ

心しづまる

五〇代の物語――四季を生きる

英国の列車に読める新聞にサリン事件の大きく書かる

スタウ川の小道にさはに落ちゐたる小さく赤きは林檎なりけり

ひとつらに牧場《まきば》拡ごる英国の村を見放けり古城の塔に

お煎茶の点前の愛《かな》しお茶会に心静かに故国を味はふ

結婚も離婚もなべて諾はむ五十路をすぎて人生深し

秋桜の紅きが咲ける境内の静まる道を傘さしゆきぬ

わが知らぬ若き日の父ありありと想ひ浮びぬ弔辞聴きつつ

新宿の雑踏ゆけり外つ国をさまよふやうな孤りの空間

この桜吹きな散らしそ古里の公園ゆけり渡英の前に

風の音《と》遠し

三〇代～五〇代の思ひ出――時の流れ

東雲《しののめ》の明けゆく庭に兎見き移り住みたる冬のドイツに

幼児の二人と過ごす日々にして何焦りしや吾の三十路は

二人子は少年となりアルバムに過去《すぎゆき》として母と子の刻《とき》

思ひ出は生き生きとありかの冬の雪の兎は溶け失せたれど

わが子らと鴫を数へて平らかに過ごししことも生のひとこま

迷ひあり焦りもありき四十路なる吾が生き方も現在《いま》は懐かし

憑かれたるやうに不乱に書きあげし一冊の本*は生き来し証

＊『西ドイツの小さな町で』

誠実にその時どきを生きつぎて年輪確かに五十を刻む

風の音《と》の遠き日々逝きこの先のわれの生命に実りこそあれ

『水壺《すいこ》』(抄)

変若水《をちみづ》

月神《つきよみ》が持つ若がえりの水

新玉の来経《きへ》ゆく年を重ねきてはやも迎ふる
還暦の初春《はる》

変若水《をちみづ》を味はひ飲まむ華甲とふ年齢を迎へ
て復《を》ち返《かへ》る日は

わが生命本卦還《ほんけがへ》りと思ふとき祈ぎ事俄かに
若やぎきたる

くさぐさの思ひ秘めつつ還暦の女となるも
吉事《よごと》のあらむ

輝ける空より寒き風生れて山茶花の道ひと
すぢ続く

円窓に芽吹き耀ふ春を見つ歯科医が椅子を
倒しくるる間

忘れられ納戸にありし亡父《ちち》の杖焦茶色濃く
なほ艶保つ

父逝きしあの夏のごと赫赫と百日紅咲く庭
の寂けさ

透明なる生命

島田修二先生逝去　二〇〇四年九月十二日

師の訃報老い母に低く告ぐるとき震へる心声に波うつ

それとなく示唆するのみにて短歌《うた》なほすことのなかりきわが師と思ふ

青空の下にそよ風薫りたり透明なるは永遠なる生命

原爆の悲惨を見たる残酷に黙すのみなる闇抱へゐつ

歌碑除幕式
〝横須賀の丘に吹く風いちにんのいのちの重み世界に告げよ〟

赤茶なる石に彫らるる師の短歌を小声に読みてありし日偲ぶ

歌びとの遺したる意志刻まるる《いのちの重み世界に告げよ》

《ただ一度生まれ来しなり》うたびとの一生賭けたる文芸重し

生命《いのち》果て穏しくおはす海原《わたのはら》《海はもつともすがしきものを》

歌びとの修二は神を持たざりき叫びのごとき祈り持てども

孤客

久びさの銀座の街並変りたり知らぬ町ゆく孤客の吾か

ひとつらの雪景色なり玻璃窓に眺むる庭のもしや異界か

雨のふる信濃川の面波打ちて日本海へと黒ぐろ早し

雪ふかく五合庵あり良寛のあゆみし道に椿は赤し

余白

春の陽の心の底に届けよと深呼吸して空仰ぎたり

庭隅に青き蕾の紫陽花がひいふうみいよ陽を浴みてゐる

ゆゑのなき空虚しさまとひ万緑の公園にをりいづくへゆかむ

冷え冷えと緑の映ゆる公園はけふのわたしの手紙の余白

紫灯籠

鮮やかに江戸紫を染むるため井の頭の水貴《たふと》ばれきし

苔むせる石灯籠のその裏に石工佐兵衛と小さき文字あり

亡き父と犬の散歩に渡りたるむらさき橋＊の名の由来知る

＊この地には紫草《むらさき》が多く自生していた。
三鷹市の玉川上水に架かる橋。

桜すぎし雨の公園人けなく樹木《じゅもく》わらわら緑勢ふ

公園の池のかたへに手品する初老の男素人ならむ

外つ国の見知らぬ楽器を奏《かな》づるも泉《ゐ》の源頭《かしら》なる公園賑はす

気力なき冬の日籠りラメ入りのマニキュア塗りぬ弓手《ゆんで》広げて

水底《みなそこ》を深く光の蠢めける不安抱きて生きるこの春

寂寂《せきせき》と雲垂れこむる園庭に躑躅の朱色燃え盛る見ゆ

英国行

幾重にも水門続く丘陵のカナルの階段《きざはし》寒きを登る

その母の永遠に眠れる湿りもつ土の面《おもて》を友のなでゐる

まだ土の固まらずあり友の母眠れる土*の上花束を置く

*三ヶ月ほどおき、春になって土が固まってのち、墓石を置くという

英国の丘の上の墓地風寒く草の湿れる傾斜《なだり》下りきぬ

教会にバッハのコーラス聴きてをり最後の夜を友と頒かちて

睡蓮をかき分け亀と鯉泳ぐ高源院の池に陽の落つ

望みゐし幸潜むべし水の翳静かにゆるるわが心処に

運命を水の壺にて受けとめむ時は過ぎゆき思ひ出多し

足早に玉川上水ゆくわれの独りの自在貴しとせむ

夏日山居

一人来し蓼科の夜は寂寂と亡父《ちち》の書斎に父の気配す

エアメール数通出しぬ蓼科の山のポストは音確かなり

独り身のままに生きこし幾年や　庭に黙して蕗とりゆきぬ

日本語のクラス文集まとめゐて日本語教師の職を楽しむ

二〇〇〇年

風船の大道芸に正月の笑ひはじける公園の角

二円なる戦後の葉書〝はるちゃんへ〟平仮名のみの亡父《ちち》の字並ぶ

古木なる庭の梅の実青あをとひととき亡父と時を共にす

晴天の上野公園噴水のななめに散りぬ春風強く

定まらぬ心の揺れを包むごと淡あはと咲く
老い桜かな

英詩集読ままほしきに炎暑なる町に洋書の
店へと向ふ

眠るのみ泣くのみなりて初孫の宇宙はいま
だ新生児室

孫といふ存在抱きひとときの不可思議のな
か腕の重たし

山梔子《くちなし》の香れる夕べ人生はおのもおのもと
思ひの深し

カナダ秋日

二〇〇〇年九月　国際交流日加短歌大会

平らなるカナダの大地夕焼けて太古のまま
に今し日の落つ

干し草の長方形に積まれあるカナダの畑に
秋は闌《た》けゆく

大会は英語日本語使用され味はひてをりＴ
ａｎｋａの魅力

とつくにに生きて短歌《うた》詠む難しとふその心《しん》
奥《あう》に共感深し

砂壁

香をたく玄関入りぬ砂壁に能面かかる料亭寂けし

わが裡の水壺《すいこ》に光る秘色《ひそく》いろ濃く染まりゆく寂しさにゐる

落柚子を厨に置きぬ終日《ひねもす》を幽かに匂ひ憂《う》しこと忘る

能舞台「井筒」

幽艶に静かに舞ひて舞ふほどに業平慕ふ面《おもて》の哀し

黒蝶

ひたすらに梅実採りゐつ　静寂なすわたしの宇宙に黒き蝶とぶ

寂寂《せきせき》と黒蝶飛べり梅の木に亡父の霊魂《みたま》の遊びゐるにや

わが裡に明治の亡父も西洋の師も友もゐて今に生きこし

古風なる日本文化も西洋の心も受容す戦後育ちは

短歌のこと映画のことなど語りゐて約まりはわが生き方となる

池の辺の弁財天に願ひたる小さきわが事口にはすまじ

失ひし若き日恋ひぬシャンソンを東銀座の店に聴く夜は

恋しかる思ひ出多く鏡台に女いちにん髪を梳きゐる

若からぬ我が逡巡を断つがごと春の疾風《はやて》の獣めきたり

木洩れ陽に葉裏をみせて緑なす樹下にしましわがこと思ふ

皿に盛るチェリーは赤し春愁はこの種のごと今し捨つべし

池の面に花弁しろく漂へり掬ひてもみむ遙かなる日日

捨てがたき存念ひとつ春日なか七井の池にふきあげの散る

「戦場のピアニスト」観し翌日なり。イラク開戦。愚かなること

新緑

刺さりたる言葉の棘を抜きてをり時の癒し
もこのあたりまで

逡巡を断つべくひとり出できたる玉川上水
新緑にほふ

ひと夜さに庭の緑の増したれば心決めたり
旅に出でなむ

わが裡に源泉《いづみ》たたへむ平らかに青き水壺を
心に抱き

古都バンコク

二〇〇三年十一月　国際交流日タイ短歌大会

春日井建氏　日タイ短歌大会での講演

包帯を首に巻きたる春日井氏熱く語りぬ三
島由紀夫を

「暁の寺」の出口に立つ男首の大蛇を客に寄
せ見す

ひとつらに茶に染まる川チャオプラヤー母
なる水とふタイ語の優し

ぬばたまの夜に照らさるるアユタヤの遺跡
に思ふ人の生き死に

合同歌集
『モンキートレインに乗って60』（抄）

四季復《を》ち返る——還暦を迎へて

急流の玉川上水青白く濁りてをりき亡父と
見しころ

歩を止むる勝鬨橋に風荒び冬の川面を白く
翔けゆく

そののちの人生知らず開きたる勝鬨橋をと
もに見しひと

その昔都電にて来しこの界隈活気ありたり
昭和半ばの　筑土八幡神社近辺

亡き父のゆかりのこの地尋めきたるあのた
ゆたひを今し味はふ

わたつみは直青《ひたあを》にしてやさしかり初めて見
たるかの佐渡の海

紺青の日本海なり波の穂のくだけ散る音黙
し聞きしは

いつの日か再び見むと群青のあの海の色恋
ひて幾年

はつかなる初雁が音を聞きし日の寒きドイツよ吾子《あこ》ら幼き

再訪のドイツにて知る旧友《とも》たちの兵役に息子《こ》は何思ひしや

ベルリンの壁の壊れし破片なりわが高校生の買ひ求めしは

英国の小さき町なる人びとの強き訛りも今は懐かし

イギリスの闇に降る雪寂けくてわが存在の消えゆく気配

若き日の短歌を英語にまとめゐて幸も不幸も裡に容れゆく

訣れきて今は安けし十年《ととせ》過ぎ若さ失すとも独り身もよし

潮騒を聞く心地なり瑞みづと口吻《くちづ》くるごと雛の微笑む

白じろと切り株ありて冬庭に生絹《すずし》のやうな光を返す

透きとほる風にさらされ眠りゐる楠《くす》の切り株ひりひり明し

合同歌集『モンキートレインに乗って72』(抄)

どこへか向ふ

平和なる七十年を生きてこし申歳生れのわれらと思ふ

幼児期の戦後の貧しさ知るゆゑに夢抱き来つ若きわれらは

原爆のふたつ落とされ敗戦の悲惨を知れば戦はず来し

自由とは生きる権利と思ひ来し。物言へざるはまこと恐し
特定秘密保護法

多数党に負けたりと思《も》ふも雨降る夜国会前の集会にゐる

群衆のなかに見かけしかのひとは小高さんなりや国会前に
故小高賢氏を偲びて

武器輸出可能となりてありふれた国となりたりけふより日本は
十月一日防衛装備庁発足

おのづから新憲法に委ねこしわが人生と知りたるこの秋

幼き日配給券持ち並びたり心細くも母に代りて

わが家《いへ》の前の洋館に米軍の家族住みゐて共に遊びき

井の頭近辺には戦前からの洋館も多く、接収されてＧＨＱの家族が住んでいた

通ひゐし私立小学校で習ひたる英語は遊びに役に立ちたり

私立ゆゑ君が代習はず育ちこしわれには遠き国歌と日の丸

高校は自由でバンカラ高下駄に手拭姿の男子多かりき

旧府立十三中

六十年安保のデモに参加せし級友をれども担任とがめず

デモにゆき下駄なくせしとふ級友を囲み聞きたり授業の前に

三年のドイツの生活《たつき》にわれも子も欧州人の思考を宿す

外つ国に住みゐて祖国は誇らしく〈愛国〉といふ危ふさ持たず

穏しかる時代を生き来しわれらなり甲歳《モンキー》列車《トレイン》どこへか向ふ

歌論・エッセイ

短歌の効用とは

　私たちはなぜ短歌を作るのだろうか。生きている証として、身辺の感動を詠み、自らの心を客観的に、独自に表現しようと試みる。自らの存在理由を確かめようと、自らの世界に没頭する。それは時に孤独な辛い作業でもある。それでも私たちは短歌を通して、自己を表現できる喜びを知っている。

　それでは個人の主張を詠むことはできるのだろうか。例えば反戦歌などで、それが読者の琴線に触れるものなら、それは個性として許されるのではないかと思う。

　では小説のように創作できるものだろうか。文学である以上ノンフィクションである必要はない。願望をこめて、詩情溢れる物語性豊かな歌の創作も可能だ。寺山修司の歌の中にも、そうした物語性をみることができる。

　だが短歌は一人称の文学だ。そこには個人が存在する。主義主張の歌も、物語的な歌も、結局は個人の人間性が滲み出るものであると思う。昨年第一歌集を出した私だが、歌を始めて二十七年も経っていた。一冊にしてみると、そこには紛れもなく個人の物語があり、心の在り方の歴史があった。私たちは短歌を通して、かけがえのない人生を自ら表現し、また活字として残せるのだ。まさに短歌を続けてきたおかげだと実感した。

　次に短歌のリズムと定型について、基本に戻って考えたいと思う。日本古来の脈脈たる文学のひとつである短歌の、そのリズムと定型は日本人の心の深奥をゆさぶるらしい。私たちは無意識に五七調のリズムに心身とも馴染んでいるらしいのだ。この約束の下で歌を詠むことは、意識下の潜在的な心地良さを感じるようだ。私は昨年、自選の歌を英訳して、英語短歌の歌集もまとめた。英訳していて、定型のリズムによる日本語独特の表現を、心からいとおし

く思った。文法構造上の違いからくる表現の違いも大きいが、何よりも日本語のあいまいな表現の裏に拡がる、日本人共通のアウンの理解こそが短歌の持ち味だと知った。心地良い五七調のリズムから生ずる、日本語の美しさを感じた。短歌には日本人の心が脈脈と伝承されている。私たちは世界のどこに住もうと、短歌を通して日本人であることを確認し、誇りとすることができる。

（「短歌新聞　新人立論」二〇〇二年三月一〇日号）

私の選ぶ一首

文芸をたつきとなせばあはれあはれ悪霊のこゑ聞くことのあり　　島田修二

島田修二の『草木国土』のなかの一首である。背景には作者の事情があると思うが、一人の読者として同感した。短歌は活字になったとき、作者を離れて一人歩きするものだと常々私は感じている。自注自解という本もあるが、読者のレベルで味ってよいと思っている。前述の歌は表現者としての孤独な苦しみ、内なる葛藤、繊細で微妙な心のかげりを詠っている。表現者の冷徹さを作者の分身が、どこかしろめたい気持でみつめている。文学に限らず、芸術を生きる術としたとき、マーラーもピカソもロダンも、表現者としてこの悪霊の声を聞いたであろう。

きれい事ばかりでない、人間の本性を鋭く見据えた眼が感じられる一首である。

(「十月」106号、二〇〇三年一一月)

歌集からみえてくる島田修二

二〇〇四年九月に島田修二が急逝して、一年目の秋を迎えた。私が短歌を始めた三十代のころに、修二の教室に通って以来、師として身近に感じていた。その長所も短所も分かっていたと思う。しかし修二の作品、歌集から立ち上がってくる修二像は、実像とは少し違うような気がしていた。この度九冊の歌集と一冊の歌論集『抒情の空間』を読み通した。素直に納得する歌が多いのは当然だが、〝そうだったんですか〟〝それは今でもそう思いますか?〟〝これはどう解釈するんですか?〟と、声に出して尋ねたい歌も多かった。今となっては答を聞くことは叶わない。自分なりに解釈してゆくしかない。急逝して一年目、私の心の中の修二はいつも元気で過去の人とは思えない。従って確かな、客観的な修二論を結論

づけるには、まだ少し時間を要するのではないかとも思っている。

九冊の歌集

修二の歌集を鑑賞するにあたり、その背景を考えたときその区分はいくつかある。ひとつは(a)記者時代の歌集として『朝の階段』『花火の星』『青夏』『冬音』『渚の日々』の五冊 (b)歌詠みとして生きた時代の歌集として『東国黄昏』『春秋帖』『草木國土』『行路』の四冊に分ける。ふたつめは所属結社による区分で(a)〈多磨〉のころの『朝の階段』 (b)〈コスモス短歌会〉のころの『花火の星』『青夏』『冬音』『渚の日々』『東国黄昏』『春秋帖』 (c)〈青藍〉のころの『行路』とする区分。ほかには居住地による区分、新婚時代の浦和から武蔵野市、鎌倉、西鎌倉、小田急沿線と転居地による区分も、作品を深く読むための背景として興味深い。

歌集のキーワードと全体に流れるテーマ

修二を知るためのキーワードと言ってもよい、九冊の歌集を読みとく鍵としては(1)死 (2)罪の意識と祈り (3)仕事 (4)家族をあげたい。(1)に関しては、兄の戦死と海軍兵学校に入校後広島の原爆投下を目撃したことによる死生観、(2)は(1)に関連した戦いに生き残った罪悪感、不安、そして戦後のエリートとしての祈り、それは無神論者としての叫びのような祈りといえる (3)は東大卒業後に読売新聞社の記者として、ジャーナリストとしての世界観、時代や社会を観る目 (4)は障害を持つ息子、そして病弱な妻を持つ心の葛藤と厳しい現実。この四ツのキーワードは常に修二の作品の底流にある重石のようなものだ。

同様に九冊の歌集を、いくつかの美しい色の太い毛糸で縫うようにして綴じているのが、(a)生と死 (b)夢 (c)時間《とき》というテーマである。(a)はキーワード(1)と交差しているが、死を詠みながらそこに生を思わせる、いわば水色の毛糸の役割をしている。

沖に吹く風に逆らふ波白し岸壁を歩むたしかなる生き　A

もろもろの亡骸を沈め凪ぎてゐる海はもっともすがすがしきものを　B

われならず夏の朝の街上に仰向けに死にしこの確かさや　C

街路樹の葉影の揺るるこの夜半を還らぬ人と国をしのびつ　D

家といふかなしみの舟成ししよりひとは確かに死へと漕ぎゆく　E

限りなく死は続くべしひとつづつ頭蓋を支へ階くだる人ら　F

死にゆけるものつねに他者みづからの丈くらぐらと渚にうつす　G

こののちを幾とせあらん心して残像のごとき人の世を見ん　H

晩年の生のかたちに捨て得ざるものいまだありわがいのちあり　I

以上A『朝の階段』B『花火の星』C『青夏』D『冬音』E『渚の日々』F『東国黄昏』G『春秋帖』H『草木國土』I『行路』より各一首引いた。何よりもまず修二の歌に触れて欲しいと思うからだ。

次に二番目のテーマ（夢）の歌は、全体的には少ないのだが、私にはどうしてもその独特な感覚が気になるので、数首あげてみる。

わが亡き後を噂されゐし夢さめて言ふにはかなく午後の陽を浴ぶ　C

暁に見し夢なりしかど形なき希望のごときをつかみてをりき　D

水漬きたる軍装おもく泳ぐ夢いくたびか醒む戦後を醒めず　E

空中をしばし落ちゆく夢に覚むおほどかにあれこののちの生《よ》は　E

いくたびもいくたびも挨拶なしてゐる夢よりさめてかなし現世　F

誰と知らず去りゆく後姿《うしろ》ゆめにみし春のあし
たの悲哀あたらし　G
夢ぬちに花散りゆけり老いづきてのどけかる
べきこの春の日に　H
死神と生神と来てこの歳の御託ならべて競ひ
をりたり　I

夢の歌といっても、淡い甘い香りのするものではなく、全体に重く沈んでいる。キーワード(1)の死が底に重く沈んでいるからだ。心寂しくどこか哀しい。それでも私はこれら（夢）を綴じている毛糸の色は、黄昏れて薄暗くなる淡い黄色っぽい空の色のように感じている。哀しみを詠む作者自身も気づかない、多分に情緒的なロマンティズムを感じるからだ。

三番目のテーマとして、私は（時間《とき》）に注目した。修二の作品の中で時間は不思議な感覚で流れている。一般的な時の流れよりも、もう少し長いように私には感じられる。

生き延びて笑へ笑へと言ふごとき埴輪に対ふ
夜の一時刻　B
例ふれば刻一刻を振りきりて充ちたるごとき
生のあるべし　D
かなしみも地球もやがて消し去らん「時」の
力にしたがひ眠る　E
涌くごとく消し合ふごとく水の輪の作れる
「時」の形を見つむ　E
けぢめなく流るる時を統ぶるもの神といふべ
し眠りをたまふ　F
歌といふ時間のうつはひとつづつかなしみご
とを涸《から》しゆきたり　G
ながらへてわが真向へる海の面にかがやく戦
後とこしへの刻《とき》　G
木々の音車ゆく音消し合ふを未生の時のごと
く聞きゐつ　G
冬の日を憂しと悲しと思はねど時時刻刻はす
なはちちから　H
孤りなるよろこびを知れこののちをひとりひ

とりのながき一生《ひとよ》を

安らげる一日一日の開け来よおろそかならぬ　H
残りの生に　I

秋の日のあしたゆふべを刻みゐるまた無きご
とき一日ありき　I

　ここにひいた数首を読んで、もうお気づきと思うが修二の作品の中で、修二の（時間《とき》）はゆったりと、穏やかに、静かに流れている。神のみが統ぶるものとしての（時間《とき》）は、罪の意識や死への不安、あるいは仕事や家族に関わる厳しい現実との葛藤という、修二の歌集のキーワードとなるもの、九冊の歌集の底に沈んでいる重石のような哀しみをすべて呑みこんでいる。修二にとって（時間《とき》）は、神の統ぶるものであり、修二の不安や葛藤を温かく包んで、やがて解消してくれる。

　九冊の歌集をつなぐ毛糸の色は、淡い若草色だろうか。ゆったりと流れてゆく（時間《とき》）に身をまかせ、素直に安けく、穏やかに生きる修二が顕ち上がってくる。私の挙げた三つのテーマのうち、（生と死）（夢）はどこか重くて暗い。しかし唯一この（時間《とき》）には無常感にも通ずる、魂の安らぎが感じられる。エリートの修二は無神論者であった。修二には特別な神は存在しなかった。それだからこそ、心の底で救いを求めたこともあっただろう。私は歌集のあちこちにそうした叫びを聞いた。宗教用語も多い。しかし敬愛する兄陽一の戦死、原爆投下目撃という、若き日のトラウマは消えることはなかった。そんな修二の心を穏やかにさせたもの、それが神が統ぶる（時間《とき》）だったのだと私は思っている。

　修二の唯一の歌論集『抒情の空間』は、一九八四年に出版された。私は修二の作品は論文以上に饒舌に、読者に訴える力を持っていると感じている。修二自身、多くの人々にまず作品を読んでもらい、鑑賞し口ずさんでもらいたいと思っているにちがいない。このたびの私のひいた作品群を通して修二の歌集に興味をもっていただければ幸いである。

（「十月」１１１号、二〇〇五年一一月）

方代のうた

つくづくと見まもる草の花赤し無量の色も記憶にすぎず　『右左口』

最初は女性の歌のような印象を受けた。ところが「無量の色」が妖しく一首を呑みこんでいるのに気づいた。方代の作品には物語風の象徴的なものが多く、この歌も過去と現在と未来をつなぐ短編小説風な、彼独特の人生観を想わせる歌のように思う。

赤い花、その鮮やかな赤い色によって蘇った過去、激しい思い、あるいは心の底を流れる寂寥感、来し方の孤独感など、心の中の抽象的な色彩が無限に拡がってゆく。しかしそれも心の中の記憶にすぎず、やがて時の移ろいと共に消え去ってしまうのだ。

心の中に拡がる無量の赤い色彩も、あの思い出も、この万感の思いも、やがて記憶として、自らの存在の消滅と共に消え失せてしまうものなのだ。人として存在する寂しさ、人として生きる孤独、またはこの世の無常、方代の時折り見せる心の一面を、はからずもこの歌に見た思いがする。それにしても赤い色が実に印象的な歌ではある。

（「方代研究」37号、二〇〇五年八月）

人生を物語る

——私の好きな愛の歌

愛のかたちはさまざまだ。同じように愛の歌も、人間の喜怒哀楽の心の動きをさまざまに表現している。抑えがたい心の底の叫びを隠さずに正直に表わそうとするエネルギーが、古来さまざまな芸術を生み出してきた。その叫びは唄となり、音楽となり、あるいは詩となり小説となり、時に絵画となる。

愛の喜びも苦しみも、悲しさも楽しさも、人間である証として誰もが味わう感情である。時代や性別や個人的な環境が異なっても、人間は愛情なくして生きるのは難しい。まず親の愛情を受けなければ育つこともできない。家族の愛のなかで人は成長する。やがて青春時代を迎えると、その喜怒哀楽の感情は激しくなる。冷静に客観的に判断できないほど夢中になってしまう。しかしその熱情こそがさまざまな表現力となって、素晴しい作品を生むのだ。やがて結婚し、子供ができると、無償の愛情を注いでゆく。

しかし人の一生は必ずしもこうした道を歩まないこともある。親に虐待されたり、幼なくして親を失う子供もいる。そうした幼児の愛の欠落感は一生続くかも知れない。なかには失恋したり、婚約者を戦争や事故で失う人もいる。結婚しても子供をさずからない人もいる。また子供を失くしてしまう人もいる。そして人は老いてゆき、死を迎える。

愛情は生きてゆくうえで大切なものである。何故なら愛するという感情には、喜怒哀楽のすべてが含まれているからだ。人間を人間らしくする根底の感情だといえる。

やは肌のあつき血潮にふれも見でさびしからずや道を説く君

与謝野晶子

国語教師が読み上げたこの一首に、乙女さびたころの私は、息をのみ、そして驚いた。三十一文字で

こんな直截に表現できるのだと感心し、短歌で表現することに興味をもった。

あかねさす紫野行き標野行き野守は見ずや君が袖ふる　額田王

紫草《むらさき》を育てる御料地で、大海人皇子（天武天皇）が袖を振るのをとがめている。袖を振るのは愛情の表現だったからだ。大海人皇子の返歌は〈紫草《むらさき》のにほへる妹を憎くあらば人妻故に我恋ひめやも〉とある。額田王がのちに中大兄皇子（天智天皇）に召されているので、禁断の恋が想定される。こうした恋愛の短歌も魅力的だ。

銀《しろがね》も金《くがね》も玉も何せむにまされる宝子にしかめやも　山上憶良

この歌も先述の国語教師が読み聞かせてくれた一首。私の好きな歌のひとつだ。

友がみなわれよりえらく見ゆる日よ／花を買ひ来て／妻としたしむ　石川啄木

現在なら少しも珍しくない。当時は新しい夫婦像にみえたかも知れない。

あの日いつか帰ると思ひ征きし子の座りなれたる窓辺に座る　柳原白蓮

終戦直前の八月十一日に、学徒出陣の長男香織が戦死する。〈英霊の生きてかへるがありといふ子の骨壺よ振れば音する〉とともに、大切な息子を失った母親の哀しさが迫る。
短歌はこのように人生を語ってくれる。

（季刊「短歌苑」二〇〇九年一二月）

美しい調べと破調

短歌は千三百年もの間詠まれつづけてきた。五七五七七の定型がその生命をつないできたといえる。しかしこの定型が時として短歌を単調にしたり、または感情を表現するのに不満を感じたりすることもある。字余りとか字足らずとか言われて、とかく敬遠される破調だが、時には必要なことなのかも知れない。実作者の立場で、この破調について考えてみたい。

拙著書『ベラフォンテも我も悲しき――島田修二の百首』にも書いたのだが、北原白秋の〈多磨〉にいたころの島田修二の作品には破調が多い。第八歌集『朝の階段』（二〇〇〇年刊）は、島田修二の十九歳から二十八歳までの作品集だ。初期の作品ということもあるが、のちに宮柊二の〈コスモス〉に入会してから出した第一歌集『花火の星』（一九六三年刊）と比べて、どこかゴツゴツした詠みぶりが気になった。

夕されば港に霧の立ちこめて異国兵ゆく声高くひびく　『朝の階段』

第一章「旧歌帳」の巻頭歌である。結句が八音となっている。この他にも破調の歌が多い。しかし破調のリズムが一首を壊していることはない。何故なのか。もしかすると、『朝の階段』は、〈コスモス〉入会以前の、島田修二の独特なリズム感なのかも知れない。そう気づいたとき、当時の師であった北原白秋の、独特なリズム感に思い至った。

短歌のみならず、詩や童謡、民謡や小唄まであらゆる詩型を残した白秋だが、その調べの良さに反して、短歌には破調が多いという。

大きなる手があらはれて昼深し上から卵をつ

かみけるかも　『雲母集』

有名なこの歌も、数えてみると四句が八音となっている。しかし数えないと気がつかない。

しんしんと湧きあがる力新らしきキャベツを内《うち》から弾《はじ》き飛ばすも　『雲母集』

調子よく読めるこの力強い歌も、二句と四句が字余りなのである。

かくまでも黒きかなしき色やあるわが思ふ人の春のまなざし　『桐の花』

格調高いリズムのこの歌でさえ、四句が八音となっている。

柞葉《ははそは》の母の衣《ころも》は母の香ぞするちちのみの衣は父の香ぞする　『雀の卵』

心のこもった歌で、はの音とちの音が連なっていて、つかえずに読めるこの歌も三十五音の破調である。

風だ四月のいい光線だ新鮮な林檎だ旅だ信濃だ　『海阪』

夕凪の海、波のあひさにゐる鴨のかなしき声は空をとほれり　『海阪』

二首とも力強い。林檎の香りが漂ってくるし、夕凪の海に鴨の声が聞こえる。しかしこの二首は誰にもわかる破調だ。

我のみや命ありと思ふ人なべて常久《とこひさ》に生くるものにあらなくに　『白南風』

伝習館ここぞと思ふ空にして大旋回一つあとは見ずけり　『夢殿』

山川も常にあらぬか甚《はなはだ》し草木おしなべて人の

ほろぼす　『渓流唱』
観るものに春は幽《かそ》けさかぎりなし雪片《せっぺん》が立つ
る小さき水の輪　『橡《つるばみ》』
目の盲《し》ひて幽《かす》かに坐《ま》しし仏像《みすがた》に日なか風あり
て触《さや》りつつありき　『黒檜《くろひ》』
現《うつつ》まさぬ母をたのめて病む身には朝とよみあ
はれ夕とどろきあはれ　『牡丹《ぼたん》の木《ぼく》』

好きな歌の中で破調の歌を探してみたら、簡単にみつかった。なかには数えないと気づかないものも多い。

　では何故こうした破調の歌が、美しい調べをもっているのだろうか。古来、和歌は調べを大切にしてきた。賀茂真淵も「古の歌は調を専とせりうたふものなればなり」（『にひまなびと』）と言っている。

　短歌に限らず詩歌というものは、洋の東西を問わず昔から朗詠され、愛誦されてきた。では朗詠に耐えない短歌とはどのようなものなのか。リズムを無視したものか、あるいは三十一音の音量を意に介していないものなのだろうか。

　ここで言う三十一音の音量とは、いわゆる定型三十一文字（みそひともじ）とは異なる。

　日本語の文字かきくけこ、サシスセソを読むとき、音《おと》として分析すると、かは（K＋a）、サは（S＋a）のように、子音（K、S、T、N、H、M、Y、R、W）と、母音（a、i、u、e、o）の組み合わせで成り立っている。これは日本語の五十音がカ行サ行タ行のように成立していることを意味している。

　漢字のような表意文字ではなく、仮名文字はアルファベットのabcのような表音文字である。日本語の五十音は、音節文字といって、か（K＋a）や、サ（S＋a）は、一字が一音節である。音節（シラブル）とは、音の最小単位のことを言う。つまり日本語の五十音は、一音節であるため、その音を表す表音文字、つまり仮名文字も一音節で数えられる。そのため定型三十一文字（みそひともじ）が、三十一音と同じと思われているのだ。

　しかし前述の音量というのは、三十一文字（みそ

ひともじ）ではない。三十一音の中に込められた三十字かも知れないし、三十二字かも知れないのだ。

私は日本語教師でもある。外国人に日本語を教えるために、日本語（いわゆる国語や国文学ではない）を学んだ。外から観る日本語は、英語のような強弱のアクセントのある音節（シラブル）ではなく、平板な四分音符が続くような等時性をもつ。つまりPaperのように（ペ）にアクセントのある言葉も、日本語になると、（ぺえぱあ）のように皆同じ長さで発音する。つまり等時性をもつのだ。この平板で等時性をもつ日本語の音節構造と、アクセントの強弱と、イントネーションの高低をもつ英語の音節構造は大きく異なる。

私は自身の五冊の歌集を自選して、三冊の英語短歌集に翻訳した。その「あとがき」にも書いているが、日本語の三十一文字を英語の三十一音にすると、シラブル数が多くなって長すぎるので、英訳するときには三五三五五の二十一音節（シラブル）にするように努力している。英語の二十一音節が、大体日本語の三十一音《おん》と同等の音量になるからだ。

西洋の定型韻文では、一つの強音節と一〜二の弱音節を含んだ歩（foot）を最小単位として、五歩で一行になる詩を五歩格といって英文の長詩に多い。七歩で一行になるのは七歩格詩だが、この数え方を短歌の音量にあてはめるのは少々無理があるかも知れない。

要するに英語はアクセントの強弱と、イントネーションの高低が顕著であり、それが美しい韻律を成す。旧来の英詩はこの韻律を大切にしていて、頭韻脚韻をふんで整える。

一方日本語は強弱や高低は少なく、平坦でしかも等時性をもつため、五音七音の音数律のくりかえしで美しい韻律を生む。

音節文字である日本語の場合、旧来の和歌、短歌は、五七の音の数や長さ、あるいは音の区切れ（息つぎ）で調べを整えている。わかりやすい例として、百人一首を読みあげるときを想像してほしい。私たちは無意識のうちに、息つぎしたり、声をのばした

りして読んでいる。例えば持統天皇の有名な歌をひいてみたい。

春過ぎて夏きにけらし白妙のころもほすてふ
あまのかぐ山

定型の「みそひともじ」の歌である。いろいろな朗詠法があるが、私たちは無意識のうちに五音である初句と三句で声をのばして息つぎし、七音である二句四句結句では声はのばしていない。もちろん句またがりや句割れ、初句切れ、二句切れの歌もあり、内容を重視したとき、息つぎの場所は変ることも多い。しかしたとえ息つぎの場所が変ったり、あるいは早くなったり遅くなったりしたとしても、一首を読み了える時間は、ある一定の長さを保っていると、私は感じている。短歌を朗詠したときの、息つぎを含めた、声の長さ、この一定した長さこそ、前述の三十一音の音量なのである。

「破調の短歌」とは、五句三十一文字の定型が破られている作品をさす。つまり二十九文字とか三十五文字の作品を言うが、それと気づかずに朗読していることが多い。何故なのかを考えてみたい。

日本語教師になるために日本語を学んでいるころに、〈日本語は平坦で、しかも四文字が好きだ〉という話を聞いたことがある。どういうことかというと、国民体育大会を国体（コクタイ）と、四拍の略語にしてしまうのが得意なのだという。高等学校を高校（コウコウ）にしてしまう。しかもその四文字である四拍が平坦で、同じ長さで同じ高さに発音している。これを仮りに音符で示してみると、四分音符が四つ並ぶ四分の四拍子となる。この四分の四拍子を基調にして、時には延ばしたり、息つぎで休止したりして、全体の音量を保っているのが短歌なのではないかと、私は推測している。

先にあげた持統天皇の歌を朗読するときの、その声の長さを音符で表わしてみたいと思う。

四分音符四拍で、四分の四拍子としてくることができる。初句と三句の五音では、最後の音を付点二分音符に延ばして、四分休符で息つぎし、二句四句結句の七音では、言葉（単語）のつながりから、途中か最後に四分休符が入って、無意識に小さく息つぎしている。この息つぎの休符が、定型のみそひともじの三十一音では、四分音符と同じ長さの四分休符になるのだが、それが破調となると、音符自体も変化して二分音符や八分音符に変ってしまうのだと思う。それに連動して、息つぎも二分休符や八分休符に変化するのだろう。それでもなお、一首を朗読する声の長さ、音量はほぼ一定しているのだと私は思っている。この一定した音量をひどくはずしてしまうと、朗詠に耐えない短歌となってしまうのだろう。

白秋は童謡や詩もたくさん作ったが、短歌には意外と破調が多い。しかしそれを感じさせない理由として、この三十一音の音量が守られているからだと私は思っている。

参考までに、白秋の童謡をみてみたい。

まちぼうけ

まちぼうけ／まちぼうけ／あるひせっせと／
のらかせぎ／そこへうさぎが／とんででて／
ころりころげた／きのねっこ

五五七五七五七五音で成立している。

ペチカ

ゆきのふるよは／たのしいペチカ／ペチカも
えろよ／おはなししましょ／むかしむかしよ
／もえろよペチカ

七七七七七音で成立している詩だ。山田耕筰はこの二つの童謡を四分の四拍子で作曲している。短歌ではないので、音の長さは八分音符や八分休符、十六分音符になったりして変化している。楽譜をみて確認していただきたい。五音の〈まちぼうけ〉〈のらかせぎ〉〈とんででて〉〈きのねっこ〉は皆、最後を二分音符で延ばしている。その一方七音の〈あるひせっせと〉〈そこへうさぎが〉〈ころりころげた〉、そして「ペチカ」の七音では、ほとんど休符がない。

山田耕筰の作曲が示しているように、白秋の童謡においては、五音では声を延ばし、七音ではほとんど息つぎをしていない。童謡ではないが、短歌においても、白秋の裡から溢れ出るリズム感は、童謡と同じように四分の四拍子を基調とした、変化に富んだ音符を使用して、破調でありながら破調にさせない音量の中に一首をまとめているのだろうと、私は自分を納得させている。なお白秋には「五十音」と題する童謡がある。ここに記せないのが残念だが、独特のリズムを感じるので是非声にして読んでほしい童謡だ。

（「白南風　招待評論」二〇〇九年四月号）

短歌の文体

私は戦後教育の下、口語文法と現代仮名遣のみを使用して生きてきた。学生時代に勝手に作っていた短歌はいわゆる口語体で新仮名表記だった。しかし一九七四年の三十歳の誕生日に本格的に短歌を始めたとき、ことごとく文語文法と歴史的仮名遣になおされた。昭和四十年代当時は当然のことだった。朝日歌壇の投稿歌もほとんど文語体だった記憶がある。私の年代は広告や警告文、それに恩師からの手紙にすら文語体やいわゆる旧仮名が身近にあり、書けなくとも読むのに違和感はなかった。そのため短歌を学び始めた当時、短歌を作るために文語文法と歴史的仮名遣を使用するのは素直に受容できたし、いまだに何の違和感もなく使用している。

しかし戦争直後の混乱した教育の下、ゐやゑなど正式に学んだ記憶はない。ましてや国文科でなく横文字ばかりに接してきた私にとって短歌の表現や表記は、どこか外国語の単語や動詞活用を借りて表記しているように感じるときもある。雅語や古語は何度も辞書で調べて独学で覚えてきた。外国語に親しむ要領で接することができたのは幸いだった。

いつぞや相聞歌を口語体新仮名表記で作らなければならないことがあった。そのとき初めて文語体の美しさ、たおやかな古語の品位を感じた。恋心を表現するのに口語体では気はずかしく苦労したのを、今でも苦々しく思い出す。島崎藤村の『若菜集』や堀口大學の翻訳詩を読んでも、また聖書の言葉も、やはり文語体の良さを感じる。試みとして、万葉集の相聞歌を口語体にしてみた。文末に記したが、やはり視覚的にも聴覚的にも受ける印象は違う。内容伝達だけなら外国語に訳した方が、口語訳するよりいさぎよいように思う。

結論として、私はこと短歌に関しては文語体で歴史的仮名遣がよいと思う。ただ二十一世紀の現在、

文語体や歴史的仮名遣を目にすることは稀になった。これから短歌を始める方は口語体の現代仮名遣でよいと思う。文体は自ずから短歌にふさわしい形へ納まってゆくはずだ。

口語体に試訳

世界中どこ探しても君のことこんなに好きな男はいないぜ　　青木春枝

天地《あめつち》の極《そこひ》のうらに吾《あ》が如《ごと》く君《きみ》に恋《こ》ふらむ人《ひと》は実《さね》あらじ　　万葉集（三七五〇）

（「短歌研究」二〇一一年四月）

近代短歌の恩恵
——近代短歌から学ぶもの

〈和歌と短歌の相違〉を尋ねられれば、漢詩《からうた》に対するのが和歌《やまとうた》であり、長歌に対して短歌があると軽く答えてきた。それならば近代短歌に対して現代短歌があると錯覚する。しかし近代短歌に対するものは現代短歌ではなく和歌なのだ。

「短歌は一三〇〇年の歴史のある定型詩だ」と外国人に誇りをもって説明してきた。大伴家持の編纂による『万葉集』は七〜八世紀の日本最古の歌集だ。和歌《やまとうた》には長歌、短歌、旋頭歌、仏足石歌、片歌の五歌体あったが、現在では短歌が生きつづけている。『万葉集』には東歌や防人の歌もあり、季節や自然を通した素直な心象表現がある。しかし『古今集』『新古今集』のころになると、歌合のような貴族の遊びとなり、題詠などで競い合った。何を詠むかより

もどう詠むかという表現技巧が重要となり、掛詞や縁語などの修辞法が盛んとなる。あるいは漢詩や古歌をふまえた上で一首とする本歌取りなどと、上流階級の教養を基礎とする和歌となってゆく。素材も花鳥風月という伝統的で上品なものとなり、言葉も雅語が歌語となり、漢語や俗語を使うと和歌とみなされなかった。やがて古今伝授の和歌の流派ができて、和歌の作法伝授をまるで能の『花伝書』のような秘伝としていった。こうして和歌は幕末まで貴族や大名など教養人のたしなみのような、パターン化した詩型として続いてきた。

　私たちは幼いころから百人一首を通して和歌に親しんできた。

花の色は移りにけりないたづらにわが身世に
ふるながめせしまに
小野小町（古今集・春下）

春の部にあるが春を惜しむ女心が素直に詠まれていてわかりやすい。しかし眺めと長雨、経ると降るの掛詞が詠みこまれている。現在私たちが歌を詠むときにこのような技巧は考えもしない。また在原業平の有名な〈かきつばた〉は各句の頭に文字を分解している。

唐衣《からごろも》きつつなれにしつましあればはるばる来
ぬる旅をしぞ思ふ　在原業平（古今集・羇旅《きりょ》）

なお〈着る〉〈なれる〉〈棲《つま》〉〈張る〉は〈唐衣〉の縁語であり、掛詞でもある。しかも羇旅の歌として作られている。

　このように古今以降の和歌には教養が不可欠であり、読み手にもそれを要求するものだった。

　明治維新後の新しい洋風な文化の流れの中で、古典和歌の風雅な趣向や題詠などを否定し新時代に相応しい新しい歌風が望まれた。小説では一八八七年に二葉亭四迷が言文一致の『浮雲』を発表している。近代欧州の自由平等や個人の尊重といった新しい考

え方のもと、誰でもどんな素材でも自由に詠もうとする気運が高まった。一八九四年（明治二七年）には与謝野鉄幹が鋭く旧派和歌を攻撃し一九〇〇年には『明星』を創刊する。のちに与謝野晶子、石川啄木、北原白秋などを輩出する。

一八九八年には正岡子規が『歌よみに与ふる書』により西欧絵画の写生理論を導入した短歌革新論を掲げた。子規は根岸短歌会を作り伊藤左千夫、島木赤彦、斎藤茂吉、古泉千樫などを輩出した。

詩型は万葉以来変らないまま、近代短歌は旧来の古典和歌を否定して誕生した。明治という新時代の当然の成りゆきだったと思う。近代短歌は上流社会の和歌を大衆的な現代の短歌へと導いたのだ。

今でも若者たちに愛唱される啄木や牧水の歌は本歌取りや掛詞など関係なく、素材に制限もなく、ありのままに若さ溢れる抒情をうたいあげている。

①いのちなき砂のかなしさよ／さらさらと／握れば指のあひだより落つ

②友がみなわれよりえらく見ゆる日よ／花を買ひ来て／妻としたしむ

③はたらけど／はたらけど猶わが生活楽にならざり／ぢつと手を見る

（石川啄木『一握の砂』）

④白鳥は哀しからずや空の青海のあをにも染まずただよふ

⑤幾山河越えさり行かば寂しさの果てなむ国ぞ今日も旅ゆく

（若山牧水『海の声』）

どの歌も素直に表現していてわかりやすい。素材も身近で親しみやすい。①の啄木の歌は砂を花や鳥のような対象ではなく、感情や思考を表現する素材として詠んでいる。指を使って砂を悩みに通ずる対象としている。誰にでも理解できる身体表現だ。②も現代短歌に通ずる内容と表現だ。③は結句の手が身体表現であり、②③ともに作者の行為を通して感情を表出している。

牧水の④⑤の歌も自我を尊重する新しい時代の中

で個人としての柔軟な心情をありのままに自由に表現している。
　和歌は古今伝授の技巧を学び、教養と知識を必要とする上流階級のものであった。西洋文明の強い影響を受けて、古典和歌を否定して生まれたのが近代短歌である。それは旧来の厳格なルールから解放され、素材も内容も語彙も表現方法も自由に詠め、思うままに〈自我―私〉を詠める新しい詩の文学だった。

　私が短歌を始めたのは育児に多忙な三〇歳の誕生日だった。当時の昭和四〇年代の朝日歌壇には農家の主婦による労働歌や叙景歌の投稿が多かった。五感を使った身体表現だったように思う。私も子供の寝たあとのわずかな時間に、多く身辺詠を作っていた。スペイン文学を専攻した私は国文科出身ではない。それでも四十年強も続けてこられたのも、自由に自我を表現できる近代短歌のおかげだと思う。私は短歌の英訳とスペイン語訳を試みているが、掛詞や本歌取りなどの重層的な解釈をする和歌は複雑で翻訳は困難だ。その点近代短歌は一首独立していて内容もわかりやすい。それゆえに翻訳も可能なのだ。英語圏の歌人からも〈共感する〉との評が届く。近代短歌のこうした特徴は上流階級の和歌から一般庶民の短歌となったことを意味する。この点は重要で戦後に〈第二芸術〉と桑原武夫に否定され、〈奴隷の韻律〉と小野十三郎に批判されたが、前衛短歌を経て今なお現代短歌として続いている。

（「まひる野」二〇一五年一〇月号）

石川啄木生誕130年

ゆゑもなく海《うみ》が見《み》たくて
海《うみ》に来《き》ぬ
こころ傷《いた》みてたへがたき日《ひ》に

『一握の砂』

最終章〈手套を脱ぐ時〉にある一首。初出は明治四十三年七月二十八日付の『東京朝日新聞』の〈手帳の中より〉の五首の中の一首。初出ではゆゑが故に、こころが心に、たへがたきが堪へがたきとなっている。啄木が一千余首の中から五百五十一首を選んで編んだ『一握の砂』だ。自作への厳しい目を強く感じる。一冊にしたその構成、編集、そして何よりも三行書きにした啄木の才能に今回再読して気づかされた。朗読する時に美しいリズムを作る息つぎ、調べとその意味、啄木の作品は音読する方が美しく分かりやすい。ながく愛誦されてきたゆえんである。あげた歌も、素直な表現だ。海好きな私の心そのものに思える。何故なのか。それはこの歌に物語があり、詩があるからだ。読者はたとえ作者の背景を知らなくとも、各々の心で共感できるのだ。掛詞や本歌取りなど重層的な解釈をする和歌と違って近代短歌は素材も表現も自由で一首が独立している。この点翻訳しやすい。人の感情は詩となり文学となる。愛唱歌の多い啄木の歌は現代の日本人のみならず、海外の人々にも理解され、共感される詩であると思う。

（「現代短歌」二〇一六年三月号）

もしもあのとき

Ｉｆ？……結果がすべてです。

中年生まれの私は今年七十二歳、この年齢になると人生のＩｆなどどうでもよくなってくる。もう少し若いころには時折考えたが、結果として現在があるのだから、諾うほかない。戦後の物のない時代にアメリカ風の教育を受けて成長してきた。男女平等、教育の自由を当たり前のこととして教わった。それでも、一歩社会にでると、女性の立場は厳しかった。

人生には決断しなければならない事が多い。戦前の女性よりも、戦後教育を受けた私達のほうが自由があった分だけ、選択を迫られた。大学入学、就職、退職、結婚と今から思うといつも自分で決めてきた。その結果の責任は自分でとる覚悟で悩んだ末、若くて思慮分別もないまま決めて来たような気がする。実は結婚する時は友人たちからあまり賛同されなかった。そして周りの予想どおり離婚した。この事はやはり私の人生にとって大きな転換点だったようだ。しかし長い目でみると幸とも不幸とも言えない。誰にも遠慮なく自由にいられるのは、私が望んできた結果かもしれない。だからいつも一人で決断した事を後悔はしていない。ただ人生の白秋期も後半になった今、一人で老母の介護をしていると、ふとＩｆと思うこともあり、正直言って安らぎが欲しい時もある。

現在の私を思うとき二回の海外生活が、何事にも動じない生き方を支えているようだ。一九七六年から七九年まで当時の西独に滞在した。日本語も英語も通じない外国で、幼い息子たちを育てた事はかけがえのない体験だ。離婚した後に日本語教師として一人で英国に一年間滞在した。日本人のいない田舎町での暮らしを満喫できたのは、西独での経験が自信となっていたのだと思う。今の私にＩｆはあまり関係ないようだ。

（「短歌」二〇一六年八月号）

私の好きな恋愛歌

わかれ来て年を重ねて年ごとに恋しくなれる
君にしあるかな　　　　　　　　　石川啄木

恋愛歌というと与謝野晶子の激しく情熱的な短歌を思い出す。

やは肌のあつき血汐にふれも見でさびしから
ずや道を説く君

現代でもこのような表現は強い印象を与える。もっと時代を遡ると、万葉集の東歌には

信濃道《しなのぢ》は今の墾《は》り道刈りばねに足踏ましなむ
沓《くつ》はけ我が背《せ》

のような相聞歌や、

防人に行くは誰《た》が背《せ》と問ふ人を見るがともし
さ物思《ものもひ》もせず

などの防人の妻の気持を詠んだものがある。これらの歌はどれも若さに溢れ、目を見て声をかけているような会話調の息づかいがする。

私が好きな恋愛歌としてひいた啄木の歌は眼前に相手がいるのではなく、別れてから年を重ねたのち、その女性を恋しく思っている。二十六歳の若さで世を去った啄木である。年を重ねたといえども、何十年も経ってからの歌ではない。

啄木の『一握の砂』の中の〈忘れがたき人々〉にまとめて二十二首収められている橘智恵子を詠んだ連作のひとつである。前後には

君に似し姿を街に見る時のこころ躍りをあは

れと思へ
かの時に言ひそびれたる大切の言葉は今も胸にのこれど
死ぬまでに一度会はむと言ひやらば君もかすかにうなづくらむか
時として君を思へば安かりし心にはかに騒ぐかなしさ

などの歌がある。函館の弥生尋常小学校の代用教員時代の同僚である智恵子とは、わずか三ヶ月ほどの出会いだった。智恵子は牧場主と結婚、産褥熱で三十四歳で亡くなる。彼女への恋心は別れてから、だんだんと強くなったようだ。

啄木の函館時代の二十一歳のころの歌だが、こうした背景を知らずとも、抽出歌は一首独立して読者の共感をよぶ普遍性を持っている。私の年代でも、年齢を超えて、穏やかで懐かしい気分になれる歌だ。

（「梧葉」二〇一九年秋号）

『ベラフォンテも我も悲しき——島田修二の百首』（抄）

みほとけに差す春の陽のかんばせに翳ろへるときかくはたひらぐ

『渚の日日』第四章「東歌」にある。昭和五十年、作者四十七歳のときの歌である。

島川修二の九冊の歌集を読み通して感じる、作品の奥底を流れるものとして、大きく四つのテーマがある。㈠仕事、㈡家族、㈢死、㈣罪の意識と祈りの四つである。

㈠仕事　は東大卒業後に読売新聞の記者となり、ジャーナリストとしての世界観、時代や社会を観る鋭い目が下地にある。しかし記者としての直接の仕事に関する歌は、退職するまでの歌集『渚の日日』までで、『渚の日日』以後の歌集には歌に専念する歌

人としての作者の姿が色濃く表現されている。

（二）家族　は第一歌集『花火の星』が印象的だが、修二は思いの外、どの歌集でも家族を丁寧に詠んでいる。障害を持つ息子、病弱な妻、活発な娘と、優しかった父をありのままに詠みこんでいる。変に隠したりせずに、誠実に正直に詠んでいるのも島田修二の特徴だ。

（三）死　は島田修二特有の死生観、兄の戦死と原爆投下を目撃したことによる、独特な死生観が漂う。

（四）罪の意識と祈り　は（三）とも関連した、戦いに生き残った罪悪感、不安、そして戦後を生きるエリートとしての祈り、それは無神論者としての叫びのような祈りといえる。この四つのテーマは時の流れや、時代背景、環境が変わっても常に九冊の底流にあるものだ。何故なら（一）と（二）は生きる基盤となるテーマであり、（三）と（四）は島田修二という一人の歌人の精神の根底に巣くう、あたかも原罪のような心の傷、トラウマだからだ。エリートの島田修二は生涯無神論者だった。戒名もなく俗名のままだった。

修二には特別な神は存在しなかった。それだからこそ、心の底で救いを求めたこともあっただろう。九冊の歌集のあちこちに、私はそうした叫びの声を聞いた。宗教用語も多い。そうした歌にぶつかったとき、私は時折り、島田修二は心の底に何か信ずるものを持っていたら、もっと楽になれたのではないかと思ったものだ。

前掲歌はエリートの島田修二が時折りみせる、少年のように素直な心を、隠さずにそのまま詠んでいて、穏やかな救いのある歌である。結句の〈かくはたひらぐ〉と、平仮名にしたのも、穏やかな素直な気持ちが表れているといえる。

けぢめなく流るる時を統ぶるもの神といふべし眠りをたまふ

『東国黄昏』の第一章「帰路」にある。昭和五十四年、作者五十一歳、読売新聞社を退職した年の歌だ。

二十六年間の会社員生活から離れて、時間はけじめなく流れたことだろう。通勤する所がなくなり、昼休みもなく、なによりも新聞原稿の締め切り時間もなくなった。しかし時間は流れてゆく。自然に朝が来て夜になる。

時間に縛られない日日のなか、規則正しく自然に流れゆく時間というものを意識するようになった作者は、そこに神の存在を感じる。時間が流れ、生きとし生けるもの皆、その流れのなかで生存しているのだ。

蒼い水球である地球上の生物はすべて、明るくなれば起き、暗くなれば眠る。たとえ戦争中でも人間は夜には眠ってしまう。自然界を流れる時間を支配しているもの、それは神ともいうべきものだ。夜には安らかな眠りにつくことができる。

島田作品を貫くものとして。(a)生と死、(b)夢、(c)時間《とき》があると述べてきた。※ 九冊の歌集に時間《とき》を詠んだ歌がそれほど多いわけではない。しかし作品のなかで、ゆったりと静かに流れている。諦観にも似た、安らぎがある。戦争のトラウマとして常につきまとっている死への不安や、兄の戦死にまつわる、生き残った罪の意識、あるいは身辺の厳しい現実との葛藤など、重石のように沈んでいる哀しみを、時の流れが呑みこんで、やがて穏やかに包みこんでくれるのだ。

生き延びて笑へ笑へと言ふごとき埴輪に対ふ夜の一時刻　『花火の星』
例ふれば刻一刻を振りきりて充ちたるごとき生のあるべし　『冬音』
かなしみも地球もやがて消し去らん「時」の力にしたがひ眠る　『渚の日日』
涌くごとく消し合ふごとく水の輪の作れる「時」の形を見つむ　『渚の日日』

今まで読んできた歌集の中から筆者がとりあげた歌の中にも、右のような時の歌がある。どれにも共通して、穏やかな時の流れと、その時間《とき》に身をまか

せ、素直に安らかに、前向きな島田修二が顕ち上がってくる。

※『青夏』六一頁

晩年の生のかたちに捨て得ざるものいまだありわがいのちあり

『行路』第二章「山水」の〈流域〉にある。平成五年、作者六十五歳のときの作品。第九歌集のこの集は結局、島田修二の最後の歌集となってしまった。しかし年代的には六十四歳から六十七歳までの作品である。二十一世紀の現在では六十代はまだ若い。還暦を過ぎて越し方を思い、晩年を思う機会は多くなるものの、まだ気力も体力も充分残されている年代ではないだろうか。男性は退職し、多忙で責任の重い生活から解放される。女性も子育ては完了し、誰にも遠慮せずに生きられる年代である。

しかしこの集には、そうした解放感はない。おびただしい回顧詠、そして晩年を想う、観念的な歌で占められている。

晩年の生命、それは穏やかで静かなものであって欲しい、そうした晩年を迎えるための老いてゆく覚悟、この覚悟がむずかしい。それ故に昔を回顧してしまう。

わが裡の硬き凝りのあたたかく溶けゆくまでに旧《ふる》き日惟《おも》ふ

過ぎ来たる日日それぞれに影ふかく武蔵野の春鎌倉の春

さまざまに人がいのちをみつめけんこのあかときの光しづけし

広島のかの翌日の赤光を見しわが傍に仏陀いましき

他にいかなる生き方ありし「カイヘイガフカク」昭和十九年秋

さまざまにいふともかの日いくさ敗れ延命の徒の後方《しりへ》にありき

ながらへば罪科のごとし軍の日の戦終りし島山の見ゆ

あかときのうつしみ凛《さむ》く邂逅のごとき一日を
思ひめぐらす
秋の日のあしたゆふべを刻みゐるまた無きごとき一日ありき
しづかなる冬の林に入り来ぬ岐路といふもの無かりしごとく

こうした歌がこの集には満遍なく散らばっている。六十代になって思い出す昔の自分、自分の人生、そして残生。歌人としての歳月をかけて形成してきた、島田の精神のあり方、その姿勢が自然に伝わってくる。この集は、第一回山本健吉文学賞を受賞している。

横須賀の丘に吹く風いちにんのいのちの重み
世界に告げよ

平成十六年十一月五日、横須賀の中央公園の丘で、島田修二の歌碑の除幕式が行われた。晴天に恵まれ、眼前には東京湾の青い海が拡がっていた。

右の一首は歌碑建立のために、島田自身が公園の丘を訪れて作ったものである。本来なら、当日は笑顔の島田の挨拶が聞けたはずだ。ところが九月十二日に急逝して、当日は悲しいことに〝偲ぶ会〟も兼ねることになってしまった。

平成十六年の『草木』十月号は十月一日発行で、通常号と同じ形式のものだった。唯一違っていたのは、一頁目に〈謹告〉として島田修二の急逝を伝えていた。

六十四頁には〈島田修二先生歌碑除幕式のお知らせ〉があり、六十五頁には修二自身の「猿島今昔」の文が載っている。神奈川新聞七月二十一日掲載の文章の転載だと記されている。

〈私の作歌もすでに五十年になるが、このほど、歌碑を建てて下さるという話がすすんで身のすくむような気分でいる。一度その現場を訪れては、と言われて、（略）現場を訪れた。あっと、息を呑む思いがあった。猿島が眼下に（略）見えるのであった。（中

略）その猿島を見下す公園に歌碑を建てて頂くのは（略）多くの英才を送ったことを含めて、（略）歌碑の歌を決め、染筆した。〉とある。おそらく除幕式では、このような内容のことを述べるはずだったのではと想像する。幼い日から眺めていた猿島だが、この猿島から中学の先輩を含め、多くの英才が出撃して行ったのだ。

　島田は若い彼ら、特に南方で若い生命をおとした彼らの無念を想い、彼らに変わって何か詠まなければ、自分にはその使命が託されていると、強く実感したに違いない。

　除幕式と偲ぶ会が重なってしまった日だったが、歌人島田修二を偲びながら、私はこの歌碑の歌が、辞世の歌に思えて仕方なかった。

〈いちにんのいのちの重み〉を、島田はこの丘の上に立って強く感じたはずだ。そして結句で〈世界に告げよ〉と言っている。この結句で、島田の真実の言葉が拡がりを持つ。戦いを憎み、世界の平和を強く願う気持ちが、静かに重く滲んでいる。

　島田の作品百首を鑑賞してきたが、初期から最後まで、作者の歌に対する姿勢は変わっていない。「時《と》間《き》」を超えて、死に繋がることになる〝生命〟の貴さを詠んでいる。

（北溟社、二〇〇六年九月刊）

解説

父への無限の愛情
歌集『七井橋』

塩野崎　宏

巻頭の

　連翹の黄色に蝶のとまりゐて春のひととき幼子黙す

という作品に歌われた男の子が、歌集の終わりに近く、

　祝福を受くる息子の背見《そびら》て来し方思ひ涙のこぼる

と成長するまで、約四分の一世紀の作者とその世界の歩みが記録されている六五四首の一巻である。

読み方は何通りもあろうが、「言語」、「父」、「水」の三つをキーワードに考えてみた。

　言語は、著者の世俗的な最大の関心事であろう。独逸語、英語そして日本語を駆使して外国人に日本語を教え、ドイツや英国に生活し、著書を表わす。具体的に国際交流に貢献しているという自負が溢れていて、好もしい。

　久々に敬語遣ひて戸惑ひぬ英語の表現まさに簡潔

の一首は、英国に滞在後日本に帰国の時の率直な感想であろう。実態に裏付けられた厚みがある。

　次の「父」が、この歌集の中で最も優れた作品を生み出しているようだ。

　何故《なにゆゑ》か夢に小言を言ふ父を亡きと知りつつ言葉返しぬ

　春浅き七井の橋ぞ亡き父とボートのりしも遥けき昔

父に対して、著者は無限の愛情を注いでいるようだ。作品にある「七井の橋」は歌集名ともなった東京郊外井の頭公園に掛かる橋でイギリスなどで作者が素材とする「カナル」つまり運河も水の流れなのだ。

著者は、大きな宇宙の流れ、歴史の流れの中で、自分の人生の流れをこの第一歌集に具現した。著者の世界は更に広がり深まるはずである。

（「短歌新聞」二〇〇一年八月号）

『七井橋』の世界

歌集『七井橋』

松坂　弘

青木春枝さんから歌集『七井橋』と一緒に送られて来た『西ドイツの小さな町で』を引き込まれるようにして読んだ。

この本は、直接的にはご主人の勤務に従って住んだ西ドイツにおいて、異文化とどう向き合い、どう対処していったかを、精神的、肉体的な見地から即物的に記述しており、なかなかに臨場感がゆたかである。さらに間接的には日本人という者が如何に異文化というものに溶け込むことが苦手な民族であるかを客観的に、あからさまに記述している。いろいろ考えさせられた。

戦後五十余年が経過し、夏目漱石がイギリスに留学した時代とは世界の状況がまるっきり違ってしまっている。外国旅行も手軽になった。外国人も多く

日本に入って来た。日本人の異文化への対応や同化の仕方もぐっと変化しつつある。そうしたことは、そのまま同時に、日本文化の国際化、ひいては日本語の国際化を加速させている。歌集『七井橋』は、今述べて来たようなことを背景にして読み継ぐとひと味もふた味も違った感想をもつ。

さて、『七井橋』の「橋」はいささか暗示に富んでいる。「橋」というものに対するイメージはその人その人によって異なったものがあるだろうことは言うまでもない。わたる、つながる、こちらと向こう、出発と帰宅、出会いと別離などなど。他にもあるかも知れない。青木さんが歌集名に「橋」というキーワードを取り込んだ心情はよく分る。国際人としての青木さんの志向が濃密にこの「橋」というキーワードにこめられている。

歌集の作品は、一九七四年（三〇歳）から一九九八年（五四歳）にいたる。かなりの長期間にわたる。波乱に満ちた自分史というのは簡単だけれども、密度の面から言うと、二四年間で六五四首というのは、少なすぎる。変にセレクションせず、もっと雑多な収集をした方が、迫力がでたかとも思う。総花的に、ではなく、部分的に集中的に雑多であって欲しかった、という感想をもったが、しかし読み応えのある歌集であったことも確かである。

ひともとの梅に紅白《あかしろ》咲きゐるを幼に言はれしまし佇ち見つ

一本の木なのに、枝別れして紅と白の花を咲かせている梅。この世には、こういう神の悪戯と思われることがいくつかある。作者は幼い子供に教えられたことで、ハッとしているのだ。この世は、まともなことばかりではないよと、言われたように錯覚し、作者はとまどい、そして、黙って梅の花を見上げるより他はなかったのだ。

颪さやぐ上水辺りをゆく吾は離婚届の用紙秘め持つ

三鷹市を流れる玉川上水。昭和二九年、私は大学の教養課程のある校舎のすぐ近くを流れている玉川上水のほとりをよく散歩した。太宰治が愛人と入水したのは昭和二三年のこと。散歩しながらそのことを友人たちと語りあった。青木さんの苦悩はいつ始まったのだろう。離婚問題はこの歌集のもう一つの筋目をなしている。

香水の空瓶ありぬセーターを重ね並ぶる簞笥の奥に

日々の暮しのなかのちょっとした発見をうたう。事実を事実としてうたっているだけなのに、この歌は読者に何かを発信している。一度消え去ったものが突如現れたおどろき。忘れてしまっていたことがよみがえって来たおどろき。我々の日常はそういうちょっとしたできごとと、もっととてつもない大きなできごととが交差しつつ進行してゆく。

冬鴨の池に群れをり如月の陽ざし動かし右へ左へ

訪ね来て病の話なす夫の話なかばに帰りゆきたり

紫陽花の蕾の固く青き枝に凶と出でたるおみくじ結ぶ

歌集のなかほどに出てくる作品である。抑制のよく効いた作品だと思う。一首目は下句の描写が即物的で淡々とうたっているのがよい。そのことにより作者の心理的世界が暗示されることになった。二首目は「話なかばに」という事実を事実として表現したことにより奥行きが生まれた。三首目はおみくじを引くという行為を淡々とうたっている。自分の居場所を探して苦悩する作者が見える。

傷つきて生くることすら悲しきに紅葉する樹々理由なく優し

不幸なる結婚に克ち才能を活かせしこの絵ローランサン好し

これらの作品も自分の居場所を探す心情がうたわれている。抑制してうたっているけれども、下句にはあふれるものが籠っている。迷い苦しんだ末にようやく新しい展望が開け始めた時期の心情の表現といってもいいだろう。暗くジメッとしていないのがいい。

日本語の〝搔き合はず〟とふ表現をテーマとなせるレポート書きぬ

この歌集の後半は、英国に滞在し日本語を教えながら、日本語をとおして外国語を考え、外国語をとおして日本語を考えるという暮しをうたった作品が多くなる。そのことは、この文章の冒頭で触れたように日本文化の国際化を契機に日本文化を再発見するという行為でもあると言える。

カレッジの語学コースのカリキュラム決めつつ教師の思ひを共にす

秋陽さすセバーン川の面光りゐて友の英語を心地よく聞く

好ましい内容の作品である。が、本当はどういう連帯感だったのか、友との会話がどう心地よかったのか、そのあたりはもう少し具体的に即物的に捉えて欲しかったと思う。作者の心情は痛いほどよく分るけれども具体性に欠け物足りない感じが残る。読者を説き伏せるぐらいでもいいのではないか。

ことごとく思ひ叶はず寂しき日切符買ひたりドイツに行かむ

ビュードレーの町は雨なり嚙み合はぬ話のままに川沿ひをゆく

これらの歌にはエトランジェの思いが過不足なく

うたわれている。二首とも二句切れなのが共通している。二句で感情を一旦切らないではいられなかったのだろう。そのことはよく伝わってくる。ただ、近年の作品になるに従って、こうした感性よりも知性に頼った表現が増えつつあるのも事実で、このことは気にならないわけではない。

柚子の皮薄くそぎつつ生くること感じてをりぬ無事の結果に

空虚《むなし》さと孤独に吾をもてあます町の夜道に梅の香強き

風薫る五月の空に拡ごれるなんじやもんじやの大木仰ぐ

こういう作品をもっと詠んで欲しい。シャープで小気味のよい感性が生かされている。知性よりも感性を優先した表現とはこういう作品を私は指している。こういう作品が近年になって落とされているのには作者なりの理由があるのだろう。が、私としては惜しいと感じているのである。確かにこういう詩的世界は近代短歌や現代短歌が大切に守って来たものので、近年若い歌人たちにはあまりよしとされていない世界である。作者もそこのあたりを意識に入れて新しい詩的世界を模索したのだと言えよう。その勇気やよし、ならば、国際人らしい視点をさらに濃密に前面に出しつつ、短歌の世界を広げて欲しいと思うのである。

（「草木」二〇〇二年七月号）

新しい旅へ

歌集『水壺《すいこ》』

来嶋靖生

青木春枝さんの歌集として『水壺』は私家版を含めて五冊目にあたるという。文章家でもある青木さんにはエッセイも多い。その積極性には眼を見張るものがある。

梅の木を柿の木をみて亡父《ちち》思ふ時空を超ゆる
井の頭の庭
二円なる戦後の葉書〝はるちゃんへ〟平仮名
のみの亡父の字並ぶ

私にとっての青木さんは、何よりもまず父上の姿とともにある。実家金子家は井の頭公園のすぐ近く、閑静な住宅地、風情のあるゆかしい庭のある家で、私も一度だけ伺ったことがある。父金子幸彦さんはロシア文学者、数々の翻訳や研究はもとより、手近なところでは岩波文庫の『ロシア文学案内』、簡潔、要領よき入門書としていまだその右に出るものはない。そして知る人ぞ知る歌人、穏やかな目で自然を見つめ、キラッと詩性の光る歌に私たちはしばしば舌を巻いたものだ。「娘もこの頃歌を詠んでいるようです」と淡々と語りながら、いかにも嬉しそうな笑みをたたえた表情が忘れられない。

その父の血を受けた「はるちゃん」こと、春枝さんである。

竹の子の小さきを掘れば唐突に亡き父の掘る
しぐさ顕ちきぬ
亡父《ちち》と見し象のはな子の健在をただに驚く時
流れけり

これらの歌、在りし日の父の姿を彷彿とさせ、しみじみとして味わい深い。このように父上を歌に詠み残されたこと、孝心の顯れで何よりの供養と言え

よう。
ところでこの歌集の中心を占めるのは何といっても師、島田修二への挽歌である。繰り返し繰り返し数多く詠み続けている。

師の訃報老い母に低く告ぐるとき震へる心声に波うつ

この歌を読んではっとした。母上にも一度だけお目にかかったことがある。温和な優しい方であった。娘の悲しみをどのような思いで受けとめられたであろうか。

それとなく示唆するのみにて短歌《うた》なほすことのなかりきわが師と思ふ
歌集にはあからさまる表現は避けよと強く釘さされけり

これらの歌を読むと、島田修二の指導のさまも窺われる。「示唆するのみにて」や「あからさまなる表現は避けよ」とあるあたり、なるほどと教えられる。余計なことを言うが「釘さされけり」はそれこそ「あからさま」な表現で師は苦い顔をされるかも知れない。

大磯の海夕焼けて仄かなる潮の香かなし波音低く

数多い追悼の歌のあとに「渚」と題する歌がある。もとよりこれも亡き師にかかわるものだが、こういう歌にこそ作者の悲しみが深く強く出ていると私は思う。私の心にある島田修二の歌は、つねに冷静で、理性の香りのする歌である。その師の影がそこはかとなく漂っていて立ち去りがたい。

ひと夜さに庭の緑の増したれば心決めたり旅に出でなむ
わが裡に源泉《いづみ》たたへむ平らかに青き水壺を心

に抱き

巻末のほうに置かれたこれらには作者の今後がそれとなく示唆されている。若々しさが身上の作者である。悲しみを超えて、これからどのような新しい旅が歌の上に描かれるであろうか、愉しみである。

（「短歌往来」二〇〇七年一月号）

卓越した文章力

『ベラフォンテも我も悲しき――島田修二の百首』

田島邦彦

百首鑑賞の本は、これまでシリーズその他で見てきた。しかし島田修二のものは生前にもなく、今度初めて没後二年目の命日にあわせて陽の目を見た。この本は刊行直後より新聞紙上でも紹介されているので認知度は高いと思う。

世に著名な現代歌人でも、代表歌の一、二首は口をついて出ても、ひろく知られた作品はそんなにないというのが私の実感である。

その点からこの著者によってどんな作品が選ばれているかに先ず私の関心が赴く。単なる何十首抄と違って、採り上げる百首は著者のさまざまな思惑や事情が作用する。そんなわけで本書の百首と他の人の抄出と比べてみて、評価の重なりや一致を見たい

と思った。

既刊歌集九冊から、高野公彦（『詩歌句』四号、二〇〇四・十二）と前川佐重郎（「短歌往来」二〇〇五・二）の追悼特集での各五〇首抄と、島田の自選三〇首（「現代短歌の鑑賞」一九九九・五）を加えた三人の百三十首と本書の百首とを照合してみると、重複したのは僅かに十七首だけという結果であった。青木春枝は八十三首を自らの意志で選び書いたことになる。

重複した十七首のうち四者の一致は、予想通り『花火の星』のこの一首だけであった。

　ただ一度生れ来しなり「さくらさくら」歌ふ
　ベラフォンテも我も悲しき

代表歌とするに異論のないことが証明された形だが、島田修二の歌としては異質で、詠まれた一九六〇年近辺の状況を知らぬ世代には分かりにくいものだろう。本書には、よく引用され一人歩きするこの歌の自解自註が紹介されている。作歌の難しさを痛感せざるを得ない。

あと三人が選んだ歌が九首あるのだが、

　足を病む汝が一輪車の影曳きてかく美しき落
　日に遭ふ　（『花火の星』）
　限りなく死は続くべしひとつづつ頭蓋を支へ
　階くだる人ら　（『東国黄昏』）

これらは紛れもなく秀歌と位置づけられる。

さらに著者の解説により評価を上げた歌も相当数あった。私にはとくに次の三首だった。

　不様なりし折々を記憶に苛めど卑しからず生
　きて来しとも思ふ　（『青夏』）
　ひたすらに私であるほかになく黒き粉なすわ
　が髭を捨つ　（『冬音』）
　きさらぎの山道を来てふりかへる人住む家と
　いふこはれもの　（『行路』）

総じて本書の平明で卓越した文章力により作品と作者と筆者が平生の思いで語られる。
本書の執筆は、全歌集の再読をはじめてから約半年という期間に集中して書かれたが、幸いにも島田修二は本書により見事に作品の数々とともに、時を経ず読者の前に甦った。
また同じ三回忌の九月十二日に合わせて刊行された歌集『水壺』の修二に関わる六十余首も、修二の実像と呼応し通い合っている。

（「短歌往来」二〇〇七年五月号）

グローバルとローカルと

歌集『草紅葉』

三井　修

この集は作者の第六歌集である。

西独に住まひしころを語らひぬ互みに若く子ら幼なかり
統一後二十年経しも写真には旧東独の町の貧しき
英国やドイツの友らのeメール大地震ありし直後に入り来

かつて西ドイツに生活し、今も日本ペンクラブの活動や日本歌人クラブの「タンカジャーナル」の編集などに携わる著者のドイツの写真や友人たちを歌う作品である。今回の歌集には海外詠こそなかったものの、このようなグローバルな視点の作品がこの

歌集の特徴の一つである。

　ひとりゆく井の頭公園の緑美《は》し人思ひつつわがこと思ふ

　わが里の井の頭なる弁天は宇賀神なりて蛇祀るらし

　わが故郷《さと》に春陽あまねしふきあげの白き勢ひとどまらずして

　著者はまだ武蔵野の面影を僅かに留める三鷹市井の頭公園の近くに育ち、今も住んでいる。これらの作品には故郷に対する深い愛情とそこに住む安らぎという極めてローカルな視点も滲み出ている。

　異郷にて暮らしし嗣治の絵の中に日本人《ジャポネ》の心紛れもあらず

　芸術家ゴオホの内なる葛藤に極限をみし実篤といふ

　広重の五十三次白雨の絵ドビッシーにはいかにか聞こゆ

　芸術好きの著者のようで、絵画や音楽を鑑賞する作品も多い。しかも、これらの作品のように西洋美術と日本美術の相互影響に注目する作品があるのはこの著者らしい。

　静寂なす如月の昼俄かなる母の痛みに救急車呼ぶ

　新年を老いたる母と迎へけり独り身なるも運命ならむ

　のどやかに雛の日逝けり老い母と二人の暮らし幾年なるや

　著者は母と二人暮らしのようで、このような「老いたる母」を歌う作品も印象に残る。穏やかな暮らしのようであるが、母の急病などもあり、幾ばくかの不安もあるのかも知れない。しかし著者はそれを「運命ならむ」と諦観する。その覚悟の背後には短歌

詩形に寄せる著者の深い信頼があるのであろう。

繰り返すことは能《あた》はず書きとめし短歌は残りぬ生くるよすがに
若き日の心のままを留めたる短歌は素直にわが思慕伝ふ。
別れきてこの十六年穏やかに生き来しわれか短歌に救はる

著者が短歌詩形に深い信頼を置いていることはこれらの作品からも伺われる。「十六年」というのは離婚したことを指しているが、辛い時も楽しい時も短歌に支えられてきたのである。著者にとって短歌は「生くるよすが」であり「救わる」ものなのである。師の独立や死去など止むを得ない事情で所属結社は変わったが、短歌に対するそのひたむきな姿勢は一貫して変わることはなかったようだ。

（「短歌往来」二〇一五年三月号）

『草紅葉』によせて

久保田　登

本集は、六十歳代の作品四百二十首と長歌一首を収めた著者の第六歌集である。初めの方に、

夕陽光る海に水鳥群なしてゆらゆら浮かび時《と》間《き》は過ぎゆく

という暗示的な一首が見られる。ここには、何もかも飲み込んでしまう時間の海に漂っている水鳥に、自身を重ねている作者の姿が見えるような気がする。本集の主題を表わす一首と言っていいだろう。この主題の一端は、次の歌のように過去と現在を対比させるという形をとって表われる。

ユトリロの絵の街角は若き日の印象よりも白

のきはだつ
虫干しの部屋に絹の香漂ひて身に勢いのありし日を恋ふ

勢いのあったかつての日々と現在、このような対比から読み手は、著者の時間の流れに沿った変化を想像すると共に、その作品世界に分け入ってみたくなる。

晩年のトルストイとの葛藤にその妻ソフィアの孤独を思ふ
声あげず心にしまふ理不尽をざわめく海がしきりに煽る
砕け散る波の泡だち真白きはノラの晴れ着のレースといはむ

著者は、〈トルストイの名を知りたるは十歳《とを》のとき父の訳なる『イワンの馬鹿』に〉の一首からも知られるように、少女の頃から父を通して、トルストイ等の作品には馴染む機会が多かったに違いない。一首目の「ソフィアの孤独」、二、三首目のイプセン『人形の家』のノラを通してみる「理不尽」さ。夫と別れた経験を持つ著者自身にとってこのような作品は、生半なものではなかろう。そして更に注目したいのは、過去ではなく、というより過去の痛みをそっと包み込みながら現在を、着実に描く次のような作品である。

パソコンに白蓮の短歌《うた》を英訳す春の夜更けて物の音せず
三年を暮らしし町は西独ゆゑわれの視点はやはり西独
英国やドイツの友らのeメール大地震ありし直後に入り来
水の澄む公園過ぎりセシウムに色も匂ひもなきこと思ふ

他に若者の住む吉祥寺周辺の歌なども挙げたかっ

た。武蔵野の面影を残す環境が、作品にある種の安定感を生んでいる。近年、日本ペンクラブ・日本歌人クラブ等の活動にも、その語学力を生かして力を添えている著者である。

（「短歌」二〇一五年五月号）

第一歌集文庫『七井橋』解説

藤島秀憲

三十歳から五十四歳まで、作者の二十五年間が詰まった歌集である。二十五年はあまりにも長い年月。ほとんどの人の人生の、ほぼ三分の一にあたる期間である。いい事わるい事、さまざまなことが起きる。わるい事は心に大きな傷を残し、いい事はなかなか傷を癒してくれない。だから人は短歌を作ると言えば、あまりにも短絡的な言い方になってしまうのだが、でも真実である。

青木春枝さんは『七井橋』の「あとがき」で次のように書いている。

私にとって歌を詠むことは多分に個人的な面が強いのですが、同時にそれは私の痛みを和らげ、励ましてもくれました。歌を詠むことは癒しの効

果があると私は信じています。少なくとも私は詠み続けることで、救われてきました。これからも歌に支えられ元気づけられることを信じて、詠み続けるつもりです。

短歌は決して何も解決してくれない。公のことも、私のことも、どれだけたくさん歌を作ったところで何も変わらない。歌を作ることは現実からの一時的な避難に過ぎないが、たとえ一時的であろうとも避難できる場所に短歌は成り得る。避難できる場所があることは幸いである。青木さんには短歌という避難場所があったのである。

梅の実の青きに幼は手をのばしわが腕のなか
身をよぢりたり
川沿ひに水仙の咲く小径には吾今ひとり子ら
は先ゆく
庭に咲く大き紫陽花盛りにて子育てのみの
日々を寂しむ
長閑なる冬の陽だまり寂しきに蘭語を学ぶ理《わ》
由《け》を自問す

歌集は一見幸福な場面から始まる。しかし、幸福な中に不幸の種があることを、読者はたちまち知ることになる。一首目、新しいものに向かって手を伸ばし身をよじる幼を歌う。ここだけでは満足できない一人の人間として幼が存在する。小さな子を抱き幸せの絶頂にいるはずの作者の中に、いつか訪れる別れの予感が芽生えているのである。

二首目は子に置いて行かれる気配。うつむき気味に咲く水仙に作者の姿が重なるのかも知れない。三首目は子育てのみで過ごして良いのかという疑問。色を変えてゆく紫陽花が心の変化を象徴しているのだろう。自然と自画像とを重ね合わせつつ、心に兆したものを作者は見つけては歌う。四首目、「長閑なる冬の陽だまり」でさえも「寂しき」と思う心はどこから来るのであろうか。どんなに幸福でも、まわりに人がいても、人間は本来寂しい生き物であると

いう答しか、わたしには見つからないのだ。作者は寂しさを常に纏って生きている。だから短歌を詠むのである。

若き日に読みし『こころ』を読み返す吾も周《まは》りもなべて変りぬ

戦争の悲しさ聴きぬ女ゆゑ母ゆる妻ゆゑそれを理解す

日の昏れて一人座席を占むるとき夏の帽子を扱ひかねつ

穏しかる娘のころの日常を思ひて胡瓜音たて刻む

若いときに詠んだ本を読み返すとき、当然のごとく受け取り方が変わっていて、人はそれを成長と呼んだり、老化と言ったりする。だから「吾」が変っているのは普通の感じ方なのだが、一首目では「周りもすべて」変わったと歌っている。その思いはプラス思考ではなく、どう見てもマイナス思考。喪失感を感じ取ってしまうのである。深い悲しみを体験した人にだけ訪れる喪失感なのだろう。

深い悲しみの源は歌集を読んで行くと追々わかる。二首目、戦争で夫や子どもを失った女性の話を聞いているのだろう。時代を超えて、失うことを経験しているから悲しみを共感できるのである。三首目は本歌集の中で屈指の名歌と思う。ひと夏をともに過ごした帽子は、作者がひと夏に得た悲しみの象徴なのかも知れない。自分自身の感情を扱いかねている作者。「日の昏れ」「一人」という語の選択に深い悲しみを潜ませている。

四首目、いくつかの解釈ができそうだが、悲しみを振り払う行為として「胡瓜音たて刻む」があるのかと思う。ものを切る音は幸せを表わすこともできるが、場面設定次第では、これほど悲しい音はない。

風さやぐ上水辺りをゆく吾は離婚届の用紙秘め持つ

皿洗る単純にゐて気のゆるむ夕べをふいに声

あげて泣く

髪型の似合はぬままに町をゆく不安はいつか切なさとなる

調停の話のなかに惨めなるわが姿あり口をつぐみぬ

深い悲しみの要因が見えてくる一首目には（三鷹市の玉川上水）と詞書が付く。歌集名にもなっている七井橋は井の頭公園にある池にかかる橋。作者は井の頭公園の近くで育ったようだ。玉川上水も近い。だから特別な場所ではないのだろうが、詞書を付け、離婚届の用紙を秘め持っているとなれば特別な場所に変わってくる。なにせ太宰治が入水した玉川上水である。話が穏やかでない。

二首目は日常の何でもない動き、三首目は日常生活のなかの小さなアクシデント、四首目は非日常の場面。そのときどきに起きる心の揺れを歌う。「気のゆるむ」「不安はいつか切なさ」「惨めなる」と心理を分析しては、自分を深く見つめる。それはときに自己憐憫だったり自己弁護になってしまったりして作品の質を下げてしまうことになるのだが、短歌に救いを求めた作者にとっては欠かすことのできない言葉であったのだ。

水無月にやうやく離婚の成立し独りに歩む銀座の雑踏

疲れたる夜更けに父のゲラ刷りの校正なせり歌集見せたし

配属の決まりしことを報告す息子《こ》の大人さぶ研修終へて

わが日々の無気力なると亡き父の導きなるや英国ゆきは

一九九五年から一九九六年にかけて作者はイギリスに滞在することになるが、その前段階として、この四首に歌われていることが起きた。二首目の歌集は父の金子幸彦の『歳月』。病床の父に見せたい一心で制作を急ぎ、間に合ったのだが、歌集を自分の手

に持って開くだけの力はもうなかったようである。
三首目には「次男就職」と詞書がある。子も独り立ちして、安心して海外に行ける環境は整った。と同時に、懸念がなくなったことが無気力を生んだ。心配事はときに生きる支えにもなってくれるものだ。無気力の日々に英国行きの話が届き、それを作者は父の導きなのではないかと思う。父の存在が大きかったこと、父の不在が大きいことを示す捉え方である。

ジョン・レノンの通ひし学校変らずに未だに貧しさ目に見えて在り
ふた月を暮らし過ごせるこの町にやうやく春の陽輝きを増す
コート買ひワイングラスも購ひて聖夜の前の賑はひにをり
数枚のカード届きぬ日本語に英語に祝はるわが誕生日

そして英国の日々。現実を冷静に見据えながらも、たのしいときを過ごしている。いままでの作品に見られた翳が、まったく消えたというわけではないが、かなり薄くなっている。二首目の「やうやく春の陽輝きを増す」は滞在する街の景色ではあるけれども、作者の心の変化でもある。長いあいだ味わってきた深い悲しみからの開放でもある。だから、街に差す陽の輝きに目が行ったのであろう。この表現は実景というより実感といったほうが良いかと思う。

カフェーにて待つ間を書きぬオランダの春の絵葉書友や家族に
白鳥の一羽寄りきぬ夕暮るるカナルに沿ひて語りゆくとき
トロッコの窓ゆ見放くる保津峡に小舟の二艘急流をゆく
幽霊の出づる館ぞコッツウォルズの村のホテルに暖炉は明る

最終章「英国残照」より旅の歌をあげた。歌集にずっとあった深い悲しみは払拭されている。歌は生き方に沿って並べられているので、歌集の構成はさほど意識されていないのかも知れないが、明るい歌をいくつか読んで終るのは読者としては心地よく、わたしは嫌いではない。

三首目の急流をくだる小舟にかつての自分の危うい日々を見ていると読むのは、読みすぎだろうか。小舟は無事に終着点に辿り着くだろう。しかし、それで終わりではない。ふたたび上流に運ばれ、急流に放たれる。いつか急流に逆らえず、転覆する日まで、急流に挑み続ける。そこに人間の生き方を重ねて見ても、まんざら間違いではない。

「女の一生」と括ってしまうのは何やら気恥ずかしいのだが、やっぱり括りたくなる歌集である。ただし最初に書いたように三十歳から五十四歳までの二十五年間である。なので「女の一生　第一章」とするのが正しい。事実この後、作者は歌を読み続け、歌集を出している。第二章以下が存在しているのである。どの程度の急流が流れているのか、第二章以下を読まなければわからない。

（現代短歌社、第一歌集文庫『七井橋』〈二〇一九年一一月〉刊行にあたっての解説）

青木春枝歌集　解説

森山晴美

一、六冊の歌集

青木春枝さんとは「十月会」で、更に近年は玉城徹研究の「左岸の会」で顔を合わせることが多かったので、この解説を頼まれたのかと思う。しかし解説のための資料が送られて来たとき、自分がいかに今まで青木さんについて何も知らなかったかに改めて気づいた。複雑に見える多種の資料に目を通し、全体の輪郭が頭に入るまでに時間を要した。

「複雑」に見えたのは本来の歌集に加え「私家集」の類が多く、さらに英訳本などもまじり、その背景が読めなかった事もある。作者自身に電話で説明をうかがい、漸く一定の理解に辿り着いた気がしている。

青木さんの歌を云々するには、どうしても彼女の実人生を辿らなければならない面もある。以下、その歩みに添いながら、六冊の歌集を、発行された順に取り上げてゆく。

青木さんは、夫君の西独赴任に伴い、四歳と六歳の二人の男児を連れて彼の地に三年間滞在した。日本人学校がない地での学齢期の子を連れての海外生活は、苦労が並大抵でないのを知っているが、そこは無事、立派に乗り越えられたようだ。

三十歳の誕生日を迎えるのを機に、生方たつゑの通信講座を受け始め、やがて「コスモス」に入会（一九七六年）。実は俳句も同時に始めたのだが、そちらは西独の気候風土と季語との乖離を感じ、止めたのだと言う。心の内を詠むのに適した短歌は、青木さんに合っていたのだろう。以来、短歌ひとすじで今日に至る。

海外に移ってから夫との結婚生活に齟齬が生じ、次第に修復できない状態になっていたことが、歌集

の歌から分る。特に初期の歌には、思い乱れる心のはけ口を求め詠み続けているような、生々しい歌が多く、このテーマは今日に至るまで歌の中に影を落としている。

西独には三年いて、夫との関係が修復せぬまま帰国した。しかし子供たちはまだ小学生であり、いろいろと葛藤の末、郊外に家を建て日本での生活を再スタートしたようだ。にもかかわらず夫との間はますます溝が深くなり、結局実家に戻り、長い別居生活ののち離婚に踏み切ったのは五十歳になってかららしい。四十代には日本語教師を長く続けていたという歌がある。

作歌の方は、実家に近いコスモスの武蔵野支部に参加し、荻窪に開設された（一九八一）島田修二の教室に通い始め直接指導を受けるようになり、修二が「青藍」創刊のとき（一九八八年）、それに従い「コスモス」を去る。「青藍」がさらに「草木」にかわった頃、永年の願いが叶い、修二の跋文を得て第一歌集『七井橋』（二〇〇一年）の出版となった時は、既に五十代半ばにさしかかっていた。

歌を始めて四半世紀、歌の数は多かったが、「青藍」の方針により「青藍」以後の歌を多く編んで第一歌集『七井橋』とした。近年、現代短歌社の第一歌集復刻シリーズにも加わっているのがこの本だ。しかし「青藍」以前の、「コスモス」時代の歌への愛惜も抑えがたく、別の一冊を編んで『追憶《おもひで》』（二〇〇〇年）と名付け私家版歌集とした。

不思議に思うのは、正式の第一歌集が出る前年にそれが出ていることだが、『七井橋』の刊行が遅れたのだろうか。私家版とあるので、小数部の小冊子を周囲に配布する程度であったのかもしれないが、今となって彼女の歩みを振り返れば、詠まれた歌の時期は事実上第一歌集の前となる。まずその歌を挙げてみる。

・あてどなく日曜を一人出できたり術なきまま
の結婚記念日　　私歌版『追憶《おもひで》』
・池の面に輪となり消ゆる雨みつつわが人生を

うとみゆくなり

・シャガールの自画像の線美しくわが生き方の愚直を思ふ

・長き髪櫛けづるわれ映りゐる鏡は見する内なる焦燥

・あたたかき腕《かひな》のなかで泣かまほし現身冷えて死を思ふ夜

・夜の更けを孤り静寂《しじま》に晶子読み心さらけてわが事思ふ

・愛するも愛さるることも杳けくて荒野に佇てるわれかと思ふ

『追憶《おもひで》』は歌を始めた若いころの、主に「コスモス」時代のもののようだ。ひたすら孤独を嘆き、訴える歌が並び、こういう時期は何を見ても歌になったであろうと思わせる。その意味では本来の「うた（訴え）」である。

　一首目の歌で状況が推測でき、作者がひたすら自分の心だけをみつめながら、その時々をのりこえるほかなかった切実さは、迫力をもって伝わってくる。七首目の晶子の歌など鮮やかに己の姿をさらけ出している。

　ただ、その状況がどうして齎されたのか、という背景や相手の夫の言動、姿は一切消されているため、たとえば「わが生き方の愚直」とあっても、どこがどう愚直なのか読者には判断できない。あたかも人の日記を拡げ、作者の心だけを拡大して見せられているような閉塞感があることも確かである。夫は不在、ないし欠落としてわずかに影を見せるのみであり、困難な人間関係も不条理な人生の深さも見えないのは残念だ。

　これに対し『七井橋』の歌は

・悩みなき友と過ごせる雨降る日無口にをりぬ古き茶房に　　第一歌集『七井橋』

・風さやぐ上水辺りをゆく吾は離婚届の用紙秘め持つ

・日の昏れて一人座席を占むるとき夏の帽子を

扱ひかねつ

・観劇に大島を着て町をゆく心の奥に若き日の在り

・十七の乙女心に記憶せし真間の手児奈に逢ひに来にけり

・眼鏡なるマーラーの顔鋭くみえてその妻想ふその日常を

・冷然と裁判所あり人間の不思議を思ふ劇画のごとも

・わが事を祈願なしたり息子らのこと願ひたる昔懐し

先の続きの素材の歌だけを抜き出して並べてみたが、さすがに時の流れの差が感じられる。

『七井橋』の書名は実家に近い井の頭の池にかかる橋の名で、ようやく離婚を決意し実行する前後の心の揺れをさまざまな角度から捉え、緊張感もあり、陰影もある歌が多い。

二、三首目は主人公の姿が鮮やかで、最も美しい歌であろう。四、五首目には自らの心を立てるために必要だった自愛の思いが滲む。六首目は鋭い歌で、神経質そうなマーラーの写真から、その妻の気の休まぬ日常を思い浮かべているのだが、その奥に自分の結婚生活への尽きざる反芻があることにより、歌に厚みが出ている。七首目は人間の痛みに対する裁判所という存在への違和感が実感として捉えられている。七首目、展望なき前途を思い、神仏に祈る自分、思えば昔は幸せであった。

　そして『七井橋』には、独りを嘆きながらも、それをのりこえる術を求める心も繰り返し詠まれていて、共感させられる。

・不幸なる短き人生送りしにロートレックの絵の色の美し　『七井橋』

・不幸なる結婚に克ち才能を活かせしこの絵ローランサン好し　（同）

・ハワースの丘の上に立ち風に対きブロンテ姉妹の強さを理解す　（同）

「幸」「不幸」という単純な見方の言葉がよく出て来て気になるのだが、「不幸」という言葉を使うとき、作者の脳裏には小説『アンナ・カレーニナ』の冒頭の一行がひびいていたかもしれない。

　右の二冊にすぐ続き、青木さんは海外旅行詠だけを抜き出した私家版旅行詠『石畳道』（二〇〇二年）、更に今までの三冊と同時代の三十代から五十代の歌で活字にできなかった歌を、四冊目の『UNA VIDA ある物語』（二〇〇三年）として同じく私家版文庫版で出した。矢継ぎ早で、もう止まらないという感じだ。

　誰しもある程度はそうだが、作者には人生の節目に来るたびに、自分の過去を振り返り、今後を見通す律儀な習いがあるようだ。

　フランス人は自分の人生を、小説か戯曲の主人公として考えながら作ってゆくと聞いたことがあるが、青木さんにもそういう所があるのかもしれない。この、還暦にあたって出した四冊目では、これまでの30〜54歳の歌に新しい歌を足し、次のように五つに分けて編んでいる。

　心たぎつ　三〇代の物語——絆のとき
　心たゆたふ　四〇代前半の物語——それぞれの路
　心まどふ　四〇代後半の物語——決断のとき
　心しづまる　五〇代の物語——四季を生きる
　風の音《と》遠し　三〇代〜五〇代の思ひ出——時の流れ

〈女の一生〉のように、自分の過去を「ある物語」として提示した。（「あとがき」にも「（これは）私の個人的な人生の物語」の言葉がある。）自分の歌を、人々に読んでもらう機会があったのかとも思われる。冒頭で述べたように、作者には、自分の歌を自ら英訳した小冊子が数冊あるからだ。

　『MEMORIES OF A WOMAN』（二〇〇一年）（二百首所収）は、『追憶《おもひで》』（二〇〇〇年）の英訳であり、『A WOMAN'S LIFE』（二〇〇四年）（百六首所収）は、『七井橋』『石畳道』と『UNA VIDA ある物語』（二〇〇三年）の抄出の英訳らしい。これらの現物を私は目

にしているわけではないが、これらは英国に一定の読者がいて（英国に呼ばれ、一年間日本語を教え、また日本文化を紹介する講師を務めた）、その人達に読んでもらうのに出したと思われる。外国の読者にはこうした書名や構成が分かり易く、むしろ親近感を得たのかもしれぬと考えると納得がゆく。

・新宿の雑踏ゆけり外つ国をさまよふやうな孤りの時間　『UNA VIDA ある物語』
・バーグマンの「秋のソナタ」に母と娘の会話鋭く生き方強し　（同）
・美しき彫刻家なるカミーユの強さも弱さも女のゆゑか　（同）

青木さんの師、島田修二が突然逝去したのは二〇〇四年であった。青木さんはその三周忌に合わせ、歌書『ベラフォンテも我も悲しき――島田修二の百首』と第五歌集『水壺』（二〇〇六年）の二冊を修二に捧げる形で出版している。

・師の訃報老い母に低く告ぐるとき震へる心声に波うつ　『水壺《すいこ》』
・それとなく示唆するのみにて短歌なほすことのなかりしわが師と思ふ
・日本語のクラス文集をまとめゐて日本語教師の職を楽しむ
・わが裡に源泉《いづみ》たたへむ平らかに青き水壺《すいこ》を心に抱き

内容的にはこれまでの歌集の続きの感じで、特記すべきことはない。書名にもなっている四首目の、わが心の中に水壺があるという着想は、自分の心を見続けてきた長い歳月の後に得たものであったろう。この歌集からも百六首を抄出し、英訳版の『WHITE PETALS』（二〇〇八年）を出している。その「あとがき」に、英訳に際しては海外の人にも理解できる内容であることが必要で、背景に日本的な文化や価値観のあるものは翻訳が難しいとの言葉がある。

先述したことに符合する言葉であり、青木さんの作歌自体も、このことに縛られたのではなかったかとも思う。『七井橋』の修二の解説にも、そのことを思わせる指摘がある。

第六歌集『草紅葉』（二〇一四年）が出たのはそれから八年後である。あとがきには「まひる野」に入会して七年、短歌の英訳や西訳を行い、翻訳をライフワークと考えていること、九十代の母との二人暮らしであること等が記され、篠弘の帯文がある。

・ルオー展の「受難」を観しは拠り所求めゐたりし四十代か
・地味にして無駄なき芭蕉の旅支度その簡潔は俳句に通ず
・この現在《いま》の環境問題なるテーマ根源的には哲学が要る
・境遇のままならぬこと諾ひて摂理のままに生きてゆくべし
・虫干しの部屋に絹の香漂ひて身に勢ひのありし日を恋ふ
・気負はずに米寿の母の人生と同じリズムに生くる日日なり
・日本語に思ひ英語に答ふるに心の違《たが》ふことをわが知る
・英語にて思ふは英語　日本語に思ふは日本語にして言語は思考
・和語にても異国語にても思ひたる言語によりて思考定まる
・笑みてゐる写真のわれにふと問ひぬあなたの人生幸せでしたか

十首ほどを抜いてみた。過去の回想の歌もあるが、全体として落ち着いた感じがあり、二、三首目のような、折に触れての思考を示す歌に成熟を感じる。ただ、「哲学が要る」とは言っても、その哲学の内容に触れるような歌が付随していないのを惜しむ。私が関心を惹かれたのは七～九首目で、「言語と思考」

と題されたこの一連は、ドイツに住む小説家、多和田葉子の講演を聞きにゆき、講演後に作者が質問し、多和田の答を聞いて作者が思ったことを短歌にしたもの。犀利にして微妙な問題を捉え、日本語のみで用を足しているわれわれにも自らを省みさせる。

二、付け加えること二、三

海外経験にもとづく、言葉や文化に対する自分の感覚の人との違いを、他にも作者は詠んでいる。それは多少自負をともなう感覚であり

・ひとときを英語に考へ再びを帰り来たりぬいつもの厨に　『七井橋』
・英語なるとつくにびとの句集読み人の心のあり方思ふ　（同）
・英国の一年間を日本語に訳し伝ふる不可思議な時間　（同）
・久々に敬語遣ひて戸惑ひぬ英語の表現まさに簡潔　（同）
・ドイツ語の響きてやまず新宿に「リリーマルレーン」一人観しのち　（同）
・風邪籠る今宵手にせしドイツ語の詩の韻楽し諳んじてみむ　『詩歌句2008冬号自選百首』
・三年のドイツの生活《たつき》にわれも子も欧州人の思考を宿す　『モンキートレイン72』

よくある帰国子女の帰国してからの母語についての戸惑いとも違い、母親として他言語使用を楽しんでいる。世界のゆききや関係が加速度的に進んだ今、こうしたことは若い世代には普通になっているが、短歌の中ではまだ少なく、こうした素材自体が珍しい。

青木さんの場合、それは父への尊敬や自らの血へのプライドにも繋がっているようだ。

・看病をなしたることに心充ち父亡き今も心穏しき　『七井橋』

・厳しかる父退官し黙深く春の庭にて梅の枝刈る　『UNA VIDA　ある物語』
・トルストイの名を知りたるは十歳のとき父の訳なる「イワンの馬鹿」に　『草紅葉』
・童話の文なめらかにせむと校正を十歳の私に父は読ませき　（同）

二首目は、実家に帰っている娘を思う父の沈黙が、しみじみと伝わる歌だ。三、四首目、子供時代の経験は年を経て思い当たる。父の歌は母の歌よりも多く、よい歌がある。

「父」とともに「子」の姿もさまざまに詠まれている。六冊の歌集を通しておのずから捉えられた、成長する子等の姿は、時間の推移につれて時代の証言ともなる面を見せている。

・敷石に跣足の音の響かふを確かめゐるや幼はね跳ぶ　『七井橋』
・紙雛を子らと作りぬ雨の日をおのもおのもに故国思ひて　（同）
・魔女住むとふブロッケン山を吾子たちは張りつめ眺む童話信じて　『石畳道』
・教室に長男の短歌貼られあり真実なるや相聞の歌　『UNA VIDA　ある物語』
・ビートルズの歌詞を連ねて訳せよとわが受験生長髪にして　『追憶《おもひで》』
・息子らの無事帰国せりドイツより独特のあの雰囲気持ちて　『七井橋』
・再訪のドイツにて知る旧友《とも》たちの兵役に息子《こ》は何思ひしや　『モンキートレイン60』
・ベルリンの壁の壊れし破片なりわが高校生の買ひ求めしは　（同）
・晴れし日に籠りて書くは長き文息子に宛ててわが生き方を　『七井橋』

最初の三首は無邪気で幼い時の姿、次の四、五首目は中学生のころで、母親の影響もそこはかとなく感じられる。六〜八首目は高校生時代で、ドイツな

らではの子の経験が詠みとられ、なかんずく「ドイツより独特のあの雰囲気持ちて」が面白い。

九首目も日本の一般の母子関係とは異なる感じがする。子を別人格と見、対等ないしは最も信頼する相手として正対しているのが快い。

最後に、六冊の歌集以後の歌として、「昭和十九年の会」の合同歌集『モンキートレインに乗って72』（二〇一六年）から数首を抜いてみよう。

・平和なる七十年を生きてこし申歳生れのわれらと思ふ

・外つ国の友に語りぬ敗戦は教訓となり不戦誓ふと

・私立ゆゑ君が代習はず育ちこしわれには遠き国歌と日の丸

・六十年安保のデモに参加せし級友をれども担任とがめず

・デモにゆき下駄なくせしとふ級友を囲み聞きたり授業の前に

・おのづから東西文化のバランスを身につけてをりわが年代は

座の雰囲気もあってか、題材も今までになかった面が詠まれ、のびのびとしている。こうした広がりと深まりを、青木さんの今後に期待したいと思う。

青木春枝歌集　　現代短歌文庫第158回配本

2021年９月10日　初版発行

著　者　青　木　春　枝
発行者　田　村　雅　之
発行所　砂　子　屋　書　房
〒101-0047 東京都千代田区内神田3-4-7
電話　03－3256－4708
Fax　03－3256－4707
振替　00130－2－97631
http://www.sunagoya.com

装本・三嶋典東

現代短歌文庫

（　）は解説文の筆者

①三枝浩樹歌集
『朝の歌』全篇

②佐藤通雅歌集（細井剛）
『薄明の谷』全篇

③高野公彦歌集（河野裕子・坂井修一）
『汽水の光』全篇

④三枝昂之歌集（山中智恵子・小高賢）
『水の覇権』全篇

⑤阿木津英歌集（笠原伸夫・岡井隆）
『紫木蓮まで・風舌』全篇

⑥伊藤一彦歌集（塚本邦雄・岩田正）
『瞑鳥記』全篇

⑦小池光歌集（大辻隆弘・川野里子）
『バルサの翼』『廃駅』全篇

⑧石田比呂志歌集（玉城徹・岡井隆他）
『無用の歌』全篇

⑨永田和宏歌集（高安国世・吉川宏志）
『メビウスの地平』全篇

⑩河野裕子歌集（馬場あき子・坪内稔典他）
『森のやうに獣のやうに』『ひるがほ』全篇

⑪大島史洋歌集（田中佳宏・岡井隆）
『藍を走るべし』全篇

⑫雨宮雅子歌集（春日井建・田村雅之他）
『悲神』全篇

⑬稲葉京子歌集（松永伍一・水原紫苑）
『ガラスの檻』全篇

⑭時田則雄歌集（大金義昭・大塚陽子）
『北方論』全篇

⑮蒔田さくら子歌集（後藤直二・中地俊夫）
『森見ゆる窓』全篇

⑯大塚陽子歌集（伊藤一彦・菱川善夫）
『遠花火』『酔芙蓉』全篇

⑰百々登美子歌集（桶谷秀昭・原田禹雄）
『盲目木馬』全篇

⑱岡井隆歌集（加藤治郎・山田富士郎他）
『鵞卵亭』『人生の視える場所』全篇

⑲玉井清弘歌集（小高賢）
『久露』全篇

⑳小高賢歌集（馬場あき子・日高堯子他）
『耳の伝説』『家長』全篇

㉑佐竹彌生歌集（安永蕗子・馬場あき子他）
『天の螢』全篇

㉒太田一郎歌集（いいだもも・佐伯裕子他）
『墳』『蝕』『獵』全篇

現代短歌文庫

（　）は解説文の筆者

㉓春日真木子歌集（北沢郁子・田井安曇他）
『野菜涅槃図』全篇

㉔道浦母都子歌集（大原富枝・岡井隆）
『無援の抒情』『水憂』『ゆうすげ』全篇

㉕山中智恵子歌集（吉本隆明・塚本邦雄他）
『夢之記』全篇

㉖久々湊盈子歌集（小島ゆかり・樋口覚他）
『黒鍵』全篇

㉗藤原龍一郎歌集（小池光・三枝昂之他）
『夢みる頃を過ぎても』『東京哀傷歌』全篇

㉘花山多佳子歌集（永田和宏・小池光他）
『樹の下の椅子』『楕円の実』全篇

㉙佐伯裕子歌集（阿木津英・三枝昂之他）
『未完の手紙』全篇

㉚島田修三歌集（筒井康隆・塚本邦雄他）
『晴朗悲歌集』全篇

㉛河野愛子歌集（近藤芳美・中川佐和子他）
『黒羅』『夜は流れる』『光ある中に』（抄）他

㉜松坂弘歌集（塚本邦雄・由良琢郎他）
『春の雷鳴』全篇

㉝日高堯子歌集（佐伯裕子・玉井清弘他）
『野の扉』全篇

㉞沖ななも歌集（山下雅人・玉城徹他）
『衣裳哲学』『機知の足首』全篇

㉟続・小池光歌集（河野美砂子・小澤正邦）
『日々の思い出』『草の庭』全篇

㊱続・伊藤一彦歌集（築地正子・渡辺松男）
『青の風土記』『海号の歌』全篇

㊲北沢郁子歌集（森山晴美・富小路禎子）
『その人を知らず』を含む十五歌集抄

㊳栗木京子歌集（馬場あき子・永田和宏他）
『水惑星』『中庭』全篇

㊴外塚喬歌集（吉野昌夫・今井恵子他）
『喬木』全篇

㊵今野寿美歌集（藤井貞和・久々湊盈子他）
『世紀末の桃』全篇

㊶来嶋靖生歌集（篠弘・志垣澄幸他）
『笛』『雷』全篇

㊷三井修歌集（池田はるみ・沢口芙美他）
『砂の詩学』全篇

㊸田井安曇歌集（清水房雄・村永大和他）
『木や旗や魚らの夜に歌った歌』全篇

㊹森山晴美歌集（島田修二・水野昌雄他）
『グレコの唄』全篇

現代短歌文庫

（　）は解説文の筆者

㊺上野久雄歌集（吉川宏志・山田富士郎他）
『夕鮎』抄、『バラ園と鼻』抄他

㊻山本かね子歌集（蒔田さくら子・久々湊盈子他）
『ものどらま』を含む九歌集抄

㊼松平盟子歌集（米川千嘉子・坪内稔典他）
『青夜』『シュガー』全篇

㊽大辻隆弘歌集（小林久美子・中山明他）
『水廊』『抱擁韻』全篇

㊾秋山佐和子歌集（外塚喬・一ノ関忠人他）
『羊皮紙の花』全篇

㊿西勝洋一歌集（藤原龍一郎・大塚陽子他）
『コクトーの声』全篇

51青井史歌集（小高賢・玉井清弘他）
『月の食卓』全篇

52加藤治郎歌集（永田和宏・米川千嘉子他）
『昏睡のパラダイス』『ハレアカラ』全篇

53秋葉四郎歌集（今西幹一・香川哲三）
『極光―オーロラ』全篇

54奥村晃作歌集（穂村弘・小池光他）
『鴇色の足』全篇

55春日井建歌集（佐佐木幸綱・浅井愼平他）
『友の書』全篇

56小中英之歌集（岡井隆・山中智恵子他）
『わがからんどりえ』『翼鏡』全篇

57山田富士郎歌集（島田幸典・小池光他）
『アビー・ロードを夢みて』『羚羊譚』全篇

58続・永田和宏歌集（岡井隆・河野裕子他）
『華氏』『饗庭』全篇

59坂井修一歌集（伊藤一彦・谷岡亜紀他）
『群青層』『スピリチュアル』全篇

60尾崎左永子歌集（伊藤一彦・栗木京子他）
『彩紅帖』全篇『さるびあ街』（抄）他

61続・尾崎左永子歌集（篠弘・大辻隆弘他）
『春雪ふたたび』『星座空間』全篇

62続・花山多佳子歌集（なみの亜子）
『草舟』『空合』全篇

63山埜井喜美枝歌集（菱川善夫・花山多佳子他）
『はらりさん』全篇

64久我田鶴子歌集（高野公彦・小守有里他）
『転生前夜』全篇

65続々・小池光歌集
『時のめぐりに』『滴滴集』全篇

66田谷鋭歌集（安立スハル・宮英子他）
『水晶の座』全篇

現代短歌文庫

（　）は解説文の筆者

⑰今井恵子歌集（佐伯裕子・内藤明他）
『分散和音』全篇

⑱続・時田則雄歌集（栗木京子・大金義昭）
『夢のつづき』『ペルシュロン』全篇

⑲辺見じゅん歌集（馬場あき子・飯田龍太他）
『水祭りの桟橋』『闇の祝祭』全篇

⑳続・河野裕子歌集
『家』全篇、『体力』『歩く』抄

㉑続・石田比呂志歌集
『孑孑』『忘八』『涙壺』『老猿』『春灯』抄

㉒志垣澄幸歌集（佐藤通雅・佐佐木幸綱）
『空壘のある風景』全篇

㉓古谷智子歌集（来嶋靖生・小高賢他）
『神の痛みの神学のオブリガード』全篇

㉔大河原惇行歌集（田井安曇・玉城徹他）
未刊歌集『昼の花火』全篇

㉕前川緑歌集（保田與重郎）
『みどり抄』全篇、『麥穂』抄

㉖小柳素子歌集（来嶋靖生・小高賢他）
『獅子の眼』全篇

㉗浜名理香歌集（小池光・河野裕子）
『月兎』全篇

㉘五所美子歌集（北尾勲・島田幸典他）
『天姥』全篇

㉙沢口芙美歌集（武川忠一・鈴木竹志他）
『フェベ』全篇

㊵中川佐和子歌集（内藤明・藤原龍一郎他）
『霧笛橋』全篇

㊶斎藤すみ子歌集（菱川善夫・今野寿美他）
『遊楽』全篇

㊷長澤ちづ歌集（大島史洋・須藤若江他）
『海の角笛』全篇

㊸池本一郎歌集（森山晴美・花山多佳子）
『未明の翼』全篇

㊹小林幸子歌集（小中英之・小池光他）
『枇杷のひかり』全篇

㊺佐波洋子歌集（馬場あき子・小池光他）
『光をわけて』全篇

㊻続・三枝浩樹歌集（雨宮雅子・里見佳保他）
『みどりの揺籃』『歩行者』全篇

㊼続・久々湊盈子歌集（小林幸子・吉川宏志他）
『あらばしり』『鬼龍子』全篇

㊽千々和久幸歌集（山本哲也・後藤直二他）
『火時計』全篇

現代短歌文庫

（　）は解説文の筆者

⑧⑨田村広志歌集（渡辺幸一・前登志夫他）
『島山』全篇
⑨⑩入野早代子歌集（春日井建・栗木京子他）
『花凪』全篇
⑨①米川千嘉子歌集（日高堯子・川野里子他）
『夏空の櫂』『一夏』全篇
⑨②続・米川千嘉子歌集（栗木京子・馬場あき子他）
『たましひに着る服なくて』『一葉の井戸』全篇
⑨③桑原正紀歌集（吉川宏志・木畑紀子他）
『妻へ。千年待たむ』全篇
⑨④稲葉峯子歌集（岡井隆・美濃和哥他）
『杉並まで』全篇
⑨⑤松平修文歌集（小池光・加藤英彦他）
『水村』全篇
⑨⑥米口實歌集（大辻隆弘・中津昌子他）
『ソシュールの春』全篇
⑨⑦落合けい子歌集（栗木京子・香川ヒサ他）
『じゃがいもの歌』全篇
⑨⑧上村典子歌集（武川忠一・小池光他）
『草上のカヌー』全篇
⑨⑨三井ゆき歌集（山田富士郎・遠山景一他）
『能登往還』全篇
⑩⑩佐佐木幸綱歌集（伊藤一彦・谷岡亜紀他）
『アニマ』全篇
⑩①西村美佐子歌集（坂野信彦・黒瀬珂瀾他）
『猫の舌』全篇
⑩②綾部光芳歌集（小池光・大西民子他）
『水晶の馬』『希望園』全篇
⑩③金子貞雄歌集（津川洋三・大河原惇行他）
『邑城の歌が聞こえる』全篇
⑩④続・藤原龍一郎歌集（栗木京子・香川ヒサ他）
『嘆きの花園』『19××』全篇
⑩⑤遠役らく子歌集（中野菊夫・水野昌雄他）
『白馬』全篇
⑩⑥小黒世茂歌集（山中智恵子・古橋信孝他）
『猿女』全篇
⑩⑦光本恵子歌集（疋田和男・水野昌雄）
『薄氷』全篇
⑩⑧雁部貞夫歌集（堺桜子・本多稜）
『崑崙行』抄
⑩⑨中根誠歌集（来嶋靖生・大島史洋雄他）
『境界』全篇
⑪⑩小島ゆかり歌集（山下雅人・坂井修一他）
『希望』全篇

現代短歌文庫

（　）は解説文の筆者

⑪木村雅子歌集（来嶋靖生・小島ゆかり他）
『星のかけら』全篇
⑫藤井常世歌集（菱川善夫・森山晴美他）
『氷の貌』全篇
⑬続々・河野裕子歌集
『季の栞』『庭』全篇
⑭大野道夫歌集（佐佐木幸綱・田中綾他）
『春吾秋蟬』全篇
⑮池田はるみ歌集（岡井隆・林和清他）
『妣が国大阪』全篇
⑯続・三井修歌集（中津昌子・柳宣宏他）
『風紋の島』全篇
⑰王紅花歌集（福島泰樹・加藤英彦他）
『夏暦』全篇
⑱春日いづみ歌集（三枝昂之・栗木京子他）
『アダムの肌色』全篇
⑲桜井登世子歌集（小高賢・小池光他）
『夏の落葉』全篇
⑳小見山輝歌集（山田富士郎・渡辺護他）
『春傷歌』全篇
㉑源陽子歌集（小池光・黒木三千代他）
『透過光線』全篇
㉒中野昭子歌集（花山多佳子・香川ヒサ他）
『草の海』全篇
㉓有沢螢歌集（小池光・斉藤斎藤他）
『ありすの杜へ』全篇
㉔森岡貞香歌集
『白蛾』『珊瑚數珠』『百乳文』全篇
㉕桜川冴子歌集（小島ゆかり・栗木京子他）
『月人壮子』全篇
㉖柴田典昭歌集（小笠原和幸・井野佐登他）
『樹下逍遙』全篇
㉗続・森岡貞香歌集
『黛樹』『夏至』『敷妙』全篇
㉘角倉羊子歌集（小池光・小島ゆかり）
『テレマンの笛』全篇
㉙前川佐重郎歌集（喜多弘樹・松平修文他）
『彗星紀』全篇
㉚続・坂井修一歌集（栗木京子・内藤明他）
『ラビュリントスの日々』『ジャックの種子』全篇
㉛新選・小池光歌集
『静物』『山鳩集』全篇
㉜尾崎まゆみ歌集（馬場あき子・岡井隆他）
『微熱海域』『真珠鎖骨』全篇

現代短歌文庫

（　）は解説文の筆者

⑬③ 続々・花山多佳子歌集（小池光・澤村斉美）
『春疾風』『木香薔薇』全篇

⑬④ 続・春日真木子歌集（渡辺松男・三枝昂之他）
『水の夢』全篇

⑬⑤ 吉川宏志歌集（小池光・永田和宏他）
『夜光』『海雨』全篇

⑬⑥ 岩田記未子歌集（安田章生・長沢美津他）
『日月の譜』を含む七歌集抄

⑬⑦ 糸川雅子歌集（武川忠一・内藤明他）
『水螢』全篇

⑬⑧ 梶原さい子歌集（清水哲男・花山多佳子他）
『リアス／椿』全篇

⑬⑨ 前田康子歌集（河野裕子・松村由利子他）
『色水』全篇

⑭⓪ 内藤明歌集（坂井修一・山田富士郎他）
『海界の雲』『斧と勾玉』全篇

⑭① 続・内藤明歌集（島田修三・三枝浩樹他）
『夾竹桃と葱坊主』『虚空の橋』全篇

⑭② 小川佳世子歌集（岡井隆・大口玲子他）
『ゆきふる』全篇

⑭③ 髙橋みずほ歌集（針生一郎・東郷雄二他）
『フルヘッヘンド』全篇

⑭④ 恒成美代子歌集（大辻隆弘・久々湊盈子他）
『ひかり凪』全篇

⑭⑤ 続・道浦母都子歌集（新海あぐり）
『風の婚』全篇

⑭⑥ 小西久二郎歌集（香川進・玉城徹他）
『湖に墓標を』全篇

⑭⑦ 林和清歌集（岩尾淳子・大森静佳他）
『木に縁りて魚を求めよ』全篇

⑭⑧ 続・中川佐和子歌集（日高堯子・酒井佐忠他）
『春の野に鏡を置けば』『花桃の木だから』全篇

⑭⑨ 谷岡亜紀歌集（佐佐木幸綱・菱川善夫他）
『臨界』抄、『闇市』抄、他

⑮⓪ 前川斎子歌集（江田浩司・渡英子他）
『斎庭』『逆髪』全篇

⑮① 石井辰彦歌集
『七竈』『墓』全篇、『バスハウス』抄、他

⑮② 伝田幸子歌集（岡井隆・波汐國芳他）
『蔵草子』全篇、他

⑮③ 宮本永子歌集（林安一・三井ゆき他）
『鶫に来る鳥』『雲の歌』全篇

⑮④ 本田一弘歌集（小池光・和合亮一他）
『磐梯』『あらがね』全篇

現代短歌文庫

（　）は解説文の筆者

⑮⑤富田豊子歌集（小中英之・大岡信他）
『漂鳥』『薊野』全篇
⑮⑥小林幹也歌集（和田大象・吉川宏志他）
『裸子植物』全篇
⑮⑦丸山三枝子歌集（千々和久幸・村島典子他）
『街路』全篇
⑮⑧青木春枝歌集（来嶋靖生・森山晴美他）
『草紅葉』全篇

（以下続刊）

水原紫苑歌集　篠弘歌集
馬場あき子歌集　黒木三千代歌集

青木春枝歌集

SUNAGOYA SHOBŌ

現代短歌文庫

砂子屋書房